TUCAN

El verano que nos comimos la luna

Marisa López Soria

El verano que nos comimos la luna

edebé

Paseo de San Juan Bosco 62
08017 Barcelona
www.edebe.com

Directora de Publicaciones: Reina Duarte
Editora de Literatura Infantil: Elena Valencia
Diseño gráfico de cubierta: César Farrés
Ilustraciones: Moisés Yagües

Primera edición: septiembre 2011

ISBN 978-84-683-0167-9
Depósito Legal: B. 20899-2011
Impreso en España
Printed in Spain

A Inmamiga. A Miguel.
Para Ignacio, Mariola y Raúl.
A Frédéric, siempre.

Índice

1
La estupenda oferta del ayuntamiento (Los Restos)

Se lo digo siempre al Bolo, que no puede ser tan bestia y entrarle así a la gente, pero él como si nada.

—Jefe, ¿cuántas pelas ganas conduciendo el autobús?

Menos mal que Celso ya es amigo y no se molesta, pero mi tía Amelia, que es fina porque trabajó en el extranjero, nos ha repetido mil veces que eso no se hace (preguntar a la gente cosas sobre el dinero). Claro que, si no, no sé cómo se va a enterar el Bolo, que le ha nacido esta vocación y quiere hacer carrera en el transporte público.

—En este oficio no se gana mucho, chaval —ha respondido el conductor sin despistarse de la carretera—. Y si quieres mi consejo, tú estudia mucho, que esto no es nada del otro jueves. Te lo dice Celso.

Lo que más nos llama la atención es que no se líe a mamporros con algunos impertinentes que suben al autobús. Pero como Celso tiene rodaje y es un profesional, él a lo suyo y con educación.

—Hay que andarse con cien ojos y tener mano izquierda con el personal —comenta echando un vistazo al pasaje—. Que somos muchos y muy diferentes…

Al Bolo le pirra este Celso, bebe sus palabras para empaparse bien del oficio.

Desde que lo conoce, su ilusión es que llegue el domingo, apalancarse a su lado y freírlo a preguntas. Cuánto cobra, qué turnos, cómo maniobra… Eso que lo pone clarito en un letrero: «No hablar con el conductor».

—Oye, Celso, ¿te suena la historia de Ulises? —le pregunta.

(Ese defecto tiene mi amigo, que suele dar

la barrila con el tal Ulises, un tatarabuelo suyo que era héroe.)

—¿De Ulises? ¿Qué Ulises?

—¡El de la mitología griega! —suelta, como si todo el mundo tuviera que saber lo de todo el mundo—. ¡El de *La Odisea!*

El cuento nos lo sabemos de memoria.

—Ulises era un familiar del Bolo que ganó la guerra de Troya —le resumo yo a Celso—. Y luego se distrajo con las musarañas y ¡menuda odisea para llegar a su casa...!

Claro que al Bolo no le gustan mis explicaciones y a Quintanilla, que es un saco de palabras, tampoco. Menos mal que como siempre se coloca al fondo del autobús, ni se ha enterado, con su MP3 en una oreja, y mi hermana dándole la chapa en la otra. Porque a Gao Li, nuestro amigo el chino que está sentado con ellos, es que ni se le oye, oye.

—¿Conque tataranieto de un héroe, eh? —sonríe el hombre—. Pues vaya suerte, chico. Ya recuerdo, Ulises, Helena de Troya… Lo vi en una película que…

Picó Celso. Porque al Bolo le *refanfinfla* que viera o no viera. Él solo sabe que acaba de encontrar nueva víctima.

—¿Quieres que te lo cuente, Celso? —se le aproxima con secretismo.

¡Como no es plasta el tío! Racarraca, racarraca: que si tan tranquilo que estaba Ulises con su señora Penélope y su hijico Telémaco, cuando le llamaron los griegos a la guerra y tal y cual… Vale que la historia está chulísima, aunque hay que decirlo, con la parentela mi superamigo se repite como el ajo.

Eso que el Bolo es de lo mejor de Los Restos.

Por cierto, se me olvidó presentar a Los Restos.

LOS RESTOS somos las piezas sueltas de la panda que quedamos en verano por el barrio de San Andrés. Esto es: la Chiqui, que es mi hermana, Gao Li el chino, el Bolo, yo

y Quintanilla (el último, el Quinta, porque a veces no se viene).

¿Que dónde están los demás? ¿Dónde van a estar?... ¡Veraneando!

Y porque cuando nos juntamos todos en la plaza del colegio somos mogollón, solo me acuerdo ahora de los hijos del dueño del Banco Pichincha, Melody y John Carlos, que andan por Bolivia en Sudamérica, de Sofi, que está en el campo porque le toca con su padre, o de Álvaro y Lidia, los hijos de la farmacéutica, tan a gusto en La Manga del Mar Menor.

Y con tanta formalidad ya me he despistado de lo que iba a contar, así que será mejor que empiece esta historia por el principio.

La culpa de todo la tuvo el ayuntamiento.

Bueno, culpa culpa no es precisamente (como diría Quintanilla, tan exacto con las palabras), sino que lo que cuento se debió a que el ayuntamiento de mi ciudad hizo una estupenda oferta en verano para los que no tenemos vacaciones ni vamos de veraneo a nuestra casa de campo o de la playa, sobre todo porque no tenemos casa en el campo ni en la playa.

Conque dijo el ayuntamiento: todos los domingos del verano y durante los meses de julio y agosto, los autobuses son gratis para todo el mundo.

¡Como lo oyes! Transporte público gratuito, por el morro.

Así que, en cuanto nos enteramos los del barrio de San Andrés, a pillar sitio.

Es que en el barrio de San Andrés somos ciento y la madre. Un barrio popular como dice mi tía, en el que hay de lo que pidas.

Por eso mismo tenemos el Mercado de San Andrés, que será pequeño pero mola, y la estación de autobuses de toda Murcia, que paran en mi barrio. Hay dos colegios de pago, el Buen Pastor, donde van los hermanos Bolinga, y el de Nuestra Señora la Virgen de la Fuensanta, donde van los hijos de la farmacéutica, que usan dos lenguas como nuestro chino los palillos. Luego está el mío, bueno, y el de la Chiqui, el Bolo, y Gao Li, que este sí es público y notorio. Tenemos también centro de salud, y el museo del escultor murciano don Francisco Salzillo, y la ONCE de los pobres ciegos, y mil y un comercios de todos los países del mundo. Además, que mi barrio queda a un tiro de piedra del barrio del Pilar, y del centro de Murcia, donde la catedral.

El caso es que en cuanto la noticia de lo de los autobuses gratis llegó hasta los que este verano quedábamos de la panda en mi barrio, el primer domingo, con el último bocado de paella todavía en la boca, salimos disparados a la parada de autobús, la de la puerta del museo Salzillo. Cierto que los primeros días nos daba igual adónde ir con tal de pasearnos; montábamos en el primer bus que llegaba, y así nos recorrimos mil pueblos de la huerta, los carriles y sus pedanías. Está chulísimo lo de zascandilear por ahí, que hay que ver la de sitios preciosos e incógnitos que tiene Murcia, de quedarse uno boquiabierto. Lo dice siempre mi tía Amelia, que viajar da mucho mundo. Por eso, que si Torreagüera, que si Algezares, que si Las Torres de Cotillas, que si Puente Tocinos, que si Los Garres, que si El Palmar..., hasta que Quintanilla dijo que se venía con nosotros, y ya hubo concierto, y se encargó de marcar un itinerario-recorrido, una vez que sacó la información de su ordenador. Aunque lo mejor llegó a partir de que nos hicimos amigos del más amable de los conductores, Celso.

Con él nos daba igual la ruta, aunque su línea nos llevara a Alcantarilla.

Con eso, los primeros domingos, los padres se echaban la siesta más a gusto y nosotros de picos pardos, la mar de entretenidos, hasta que nos hartábamos y tira para casa, que ya es tarde. Se nos pasaba el domingo volando...

Además que, como digo, conocimos a Celso.

Al principio no te llama la atención, porque Celso no es de hacer chascarrillos, ni bromista ni así, que más bien es un tío serio y calvo. Y aunque parece que pasa mucho de ti y va a lo suyo, al poco de vernos a los tres con la Chiqui (o a los cuatro más una, según le diera a Quintanilla por venirse o quedarse con su ordenador), y con los repasos que le daba el Bolo, por narices que se fijó en nosotros.

Precisamente fue el día que estábamos llegando a Alcantarilla para hacer turismo, cuando Celso se lo repitió por enésima vez:

—Te he dicho ya que te asientes, nenico, no tengamos un disgusto.

Porque el Bolo, allí, de pie junto a él, barrenándole el cerebro y haciendo malabarismos para no caer ni perderse maniobras.

—¿Esa que has puesto es la tercera, Celso?

El hombre remachó el gesto con la palanca, y dijo:

—Esta es la tercera. Y la última vez que te lo digo: ¡Siéntate de una vez! —ordenó; luego, echando un vistazo al vacío del autobús—: ¿Os quedáis en el parque o en la última parada?

—¿Pero me vas a decir cuánto ganas de dinero? —insistió mi sosias con medio culo en el asiento—. Porque a mí este curro me parece la caña.

Cierto que el autobús de Celso es como estar en la playa y, mientras por ahí la gente se achicharra en sus casas o por la calle con la solanera, nosotros en el vehículo, con nuestro aire acondicionado y la música, a tutiplén. Lo que sucede es que Celso no es de los que se las van dando ni se chulea.

—Tú estudia, chaval, y ya hablaremos del negocio más adelante —aconsejó; luego, dirigiéndose a mí—: Lleva *cuidao* con la cría —y se refería a mi Chiqui, que en cuanto me despistaba, correteaba arriba y abajo por el autobús, con las hojas de un periódico.

—Míralo, es Chester —se detuvo mi hermana en un momento a señalar aquella fotografía de la última página.

No le hice ni caso porque habíamos llegado a nuestro destino y había que apearse.

Bajamos en la penúltima parada del autobús, y visto lo visto, ya que éramos los cuatro más una para votar (dijo el Quinta que Alcantarilla significa Puentecillo), decidimos que aunque era un pueblo con una calle muy muy larga, valía mucho por sus fiestas de la Bruja, su Noria, el jardín El Salitre, y por dos bibliotecas estupendas: la de Casa de las Cayitas, y la de la escritora Marisa López Soria del colegio Nuestra Señora de la Salud. ¡Para eso teníamos confeccionada una lista de favoritismos!

2
Una hermana llamada la Chiqui (La noticia)

La Chiqui es mi hermana pequeña, y por más que lo intente no puedo ni imaginarme cómo sería la vida con dos como ella.

Porque a la Chiqui hay que conocerla.

Tú la ves de primeras y dices: mira qué cría tan bonita, qué espabilada, qué graciosa... Porque ella es así como de dulce mirada, y viva y tal; pero luego es como una presencia en tu vida imposible de abandonar, y un revoltijo que no para quieta más que en su silla de pensar. Por no decir que la Chiqui es de las que, a lo tonto tonto, ordeno y mando; aunque lo peor que tiene esta mocosa es esa manía de no despegarse un minuto de mi lado. Como una estampa, pegatina, la muy lapaventosa. Quiere hacer todo lo mismo que yo. ¿Quiero ir yo a jugar? ¡Con la Chiqui! ¿Quiero perderme con mis amigos? ¡Con la Chiqui! ¿Quiero contarle mis cosas al Bolo? La Chiqui ahí zampada. ¿Irme de invitado con los hermanos Bolinga? No sin la Chiqui. ¿Sacarme pelotillas de la nariz en la paz de mi cuarto? ¡En presencia de mi Chiqui! Ella no es una hermana, ella es una pesadilla.

¿Que no será para tanto...? Desde que tengo uso de razón llevo oyendo a mis padres la misma cantinela:

—Anda, Javito, hijo, cuida de la chiquilla.

La chiquilla, la chiqui, la Chiqui. De tanto llamarla así ya no me acuerdo ni de cómo se llama. Lo que sí sé es que no te fíes de su cara de ángel, no te entregues ni bajes la guardia o, a la que te descuides, te verás con un grano en el trasero.

Si alguien está pensando que lo digo por decir, o por celos de hermano mayor y esas tontunas, ya advierto que no. La verdad es que soy un esclavo de sus caprichos; mi vida es un atropello porque no puedo hacer lo más normal de lo que sea que hacen mis amigos. NO, SEÑOR. Intento escurrirme y salir sin ella, ¿no?; pues como me pille, empieza a llorar como si fuera el diluvio universal, y entre hipos, suspiros y gritos que te hielan la sangre en las venas, chilla eso de «que no se vaya mi hermanicooo, que no se vayaaaa». La muy diabólica nos pone a todos los nervios irritables, hasta que dice mi madre:

—Anda, Javito, hijo, llévatela, que es que te quiere mucho.

Hasta mis amigos, si me ven llegar solo, me lo dicen:

—¿Es que no viene la Chiqui?

Una cría mimada, eso es lo que es, y se aprovecha de que es más pequeña que yo tres años, pero ya lo decía siempre el abuelo:

—Esta es más lista que el hambre y las ratas *colorás*.

Por eso mismo será que aquel día en el autobús (como está aprendiendo a leer y ensaya con todo lo que encuentra) solo ella se fijó.

—Mira, Javito, es Chester. Se llama Chester —dijo mostrándome el periódico.

Chester era el título que daba pie a la noticia con fotografía incluida que ocupaba toda la página de atrás del diario (la contraportada, puntualizó Quintanilla). Claro que entonces no le hice caso a la Chiqui. Fue después de caminar un buen rato por el pueblo de Alcantarilla, una vez sentados en un banco del jardín del ayuntamiento, cuando mi hermana nos mostró a todos el artículo donde aparecía la fotografía de Chester.

No sé si he dicho ya que Chester es un perro.

El nombre no es culpa nuestra (ese nombre no le gusta a nadie, y al que menos a Quintanilla, tan relamido con las palabras), pero así estaba escrito en el periódico. Chester era aquel perro pequeño de pelo rizado cubierto en gran parte por vendas, ojillos de mirada cándida y que se diría la imagen viva del sufrir.

Allí mismo, en el jardín de ese pueblo longaniza, Quintanilla, que además de ser más alto va al curso de los mayores, nos puso al corriente de todo lo que se decía sobre el pobre animal visto que, a aquellas horas del sofocón de la siesta, no había mejor cosa que hacer.

Tanto la fotografía como el titular que encabezaba el suceso no dejaban lugar a dudas: «Chester, el perro abandonado y maltratado».

Los pelos como alcayatas se me ponen de recordar lo que allí mismo nos leyó Quintanilla:

Su dueño debió de dejarlo en plena autovía antes de que fuera atropellado y posteriormente deambulara malherido. Han hecho falta cinco meses de cuidados ve-

terinarios intensivos para curar todas sus heridas. Una penosa historia con final feliz que comienza cuando la Guardia Civil del Seprona de Palencia lo rescata. Su paso a la Protectora de Animales y la posterior llegada a la Asociación de Amigos de los Animales han hecho posible que ahora, cinco meses después, Chester, un perro amigable y muy inteligente, esté recuperado y listo para ser adoptado.

Para cuando Quintanilla acabó de leer, la Chiqui hacía rato que berreaba a moco tendido, que no había quién la calmara (se me olvidó decir que a la Chiqui le gustan muchísimo los animales).

—Te dije que te taparas los oídos —la recriminé.

—¡Dámelo! —exigió el periódico a gritos a Quintanilla, que torció el morro porque verdaderamente él no tenía culpa de las malas noticias.

Con la rabia del estirón, la propia Chiqui rompió la hoja donde aparecía Chester, lo que amplificó su desconsuelo; y es que mi hermana, a veces (se me olvidó decirlo), también llora de verdad.

Menos mal que a la vuelta, Celso le dijo:

—Tranquila, preciosa, que todavía quedan periódicos.

Y la Chiqui pilló un montón para llevárselos, y se calmó.

—Son de balde, podéis cogerlos —aclaró el amable conductor.

Es lo que dice el Bolo, que no le falta detalle al autobús.

Así fue como LOS RESTOS de mi pandilla (los que en verano quedamos en el barrio de San Andrés) conocimos la espeluznante historia de Chester, un perro maltratado. Una noticia que a todos nos tocó en lo profundo el corazón.

Cierto que yo soy muy del sentimiento, pero aquella visión, vendas hasta las cejas y ojillos de pena, era de impresionar al Bolo, a Li el chino, al propio Quintanilla, y a mí por supuesto, no solo a la Chiqui.

La pregunta era: ¿podríamos hacer nosotros algo por ese can? (El Quinta nos juró que *perro* también se puede decir así.)

3
La espeluznante historia de Chester (Y otros sinónimos)

—Es un caso espeluznante —dijo Quintanilla tras leer en el periódico la noticia de Chester (eso que él no es de sensiblerías).

Hay gente a la que le gusta jugar con aviones, con la Play, a la pídola o a la rayuela, esas cosas, ¿no? Pues al Quintanilla le gusta jugar con las palabras.

—¿Jugamos a juegos de palabras?

Se lo encuentra hecho. Y a veces es divertido. Por ejemplo, estamos nosotros en la plaza del colegio, jugando a las cartas tan tranquilos, y llega él y dice:

—Vamos a imitar sonidos, ¿vale?

—Vaaaale —decimos, porque nos hace

sentir importantes que uno de los mayores quiera jugar con nosotros.

Y empieza él con lo de sus onomatopeyas, que, aunque parezca cosa difícil, solo son palabras que imitan sonidos. Que si «hin, hin», relincha el caballo, que si «quiquiriquí», canta el gallo, y «clo-clo-clo», hace la gallina. ¿Y el gato? Pues «miau», claro, porque maúlla, y «¡fu!», porque bufa, pero «marramao», dice el Quinta que marramizan los gatos cuando están en celo. Entre que nos encandila fácil y él es así de redicho, en seguida soltó los sinónimos de la palabra *espeluznante* (otro juego que consiste en encontrarles parecidos a las palabras). Nosotros a veces no entendemos ni patata, pero es que a él buscar sinónimos y esas cosas le parece la repera de divertido, tal vez porque donde el cerebro tiene recovecos él guarda empollado un diccionario. Con eso nos soltó los semejantes sinónimos de *espeluznante,* que al Quinta, que lo sepáis, le gusta adornar las palabras con más palabras, y a mí no me molesta recibir ese chaparrón de lustre que se gastan los del colegio de pago.

Por ejemplo, de la historia del abandono de Chester dijimos los cuatro que parecía una película de miedo. Excepto Quintanilla, que, con la propiedad del que asiste a clase de palabras sinónimas, añadió que era «una historia pavorosa y aterradora» (de pánico y espanto), «muy atroz» (de cruel e inhumana), y «totalmente escalofriante» (de penosa y conmovedora).

—La mar de cutre —dije yo por si servía.

El caso es que hasta al Bolo, que pasa mucho de cultivarse, en esta ocasión, le pareció bien el exceso de vocabulario de Quintanilla. Porque aunque al Quinta hay que aguantarle que de toda la vida sea de los mayores y un poco incompatible con los que no vamos a su colegio, es de agradecerle que se junte con nosotros, que ya lo dice él: «yo no voy con críos». Lo que sucede es que el verano nos hermana a todos en el barrio de San Andrés y como a falta de pan buenas son tortas, como dice mi tía Amelia, por no pasar solo con su abuela y el ordenador la canícula (asegura que así se llama finamente al verano), acaba siempre por amontonarse con nosotros. Tiene que reconocer, aunque se haga el remolón, que Gao Li el chino, el Bolo, yo y hasta la Chiqui somos de los mejores restos cuando la gente se va de veraneo. «Total, para no ver el mar —como dice mi padre—, con tanta gente como se junta en la orilla...»

Mi padre es que tiene negocio en el barrio y no puede cerrar. Su Peluquería de Caballeros Rodríguez (antes barbería), mi abuelo no la cerró jamás, y por lo que se ve él no piensa ser menos; aunque mi madre siempre le dice «cachazudo», y que «eso son excusas para quedarte escuchando deportes en la radio y con el ventilador a todo meter». Verdad, porque a nadie se le pasa por las mientes ir a pelarse un domingo; que hasta el señor Gao, los moros del barrio y la tienda de alfombras de Osmand, que es del mismísimo Senegal, que está en África, cierran más que nosotros. En eso lleva ella razón.

Menos mal que desde que el ayuntamiento ha hecho la oferta de gratis el autobús, a mí plim, que no cierre mi padre los domingos si no quiere, que yo ya tengo plan.

Por lo que a la noticia de Chester se refiere, al día siguiente estábamos ya todos en la habitación del Quinta, que tiene ordenador con tarifa plana para investigar, cuando el Bolo, mirando la fotografía del periódico, dijo como pensativo:

—Parece un caniche.

—¿Con esas me vienes ahora…? —la cosa no era para tanto, pero Quintanilla respondió con ínfulas—. Eso ya se ve que es un cruce de caniche.

Soy una birria como mediador, pero

aunque lo tengo crudo cuando estos dos se enganchan, por lo menos siempre lo intento.

—Fijaos en el pobre Chester. Apenas tiene un año y ¡por lo que ha pasado ya!

Era un churro de excusa, vale, pero probé con eso porque como a mí solo mirar la foto de aquel perro que no conocía de nada me quitaba hasta las ganas de jugar y me encogía el estómago… No podía dejar de pensar en él desde que había leído la espeluznante y terrorífica (y todos los sinónimos) noticia. La imagen del animal, con parte de su cuerpo herido hasta las orejas, me podía por la compasión. Me imaginaba el sonido de su ladrido onomatopéyico, «guau, guau», afligido y lastimero. Pobre perro. Claro que un perro no es una persona, ya lo sé, pero y qué; nosotros no conocíamos personas a las que hubieran abandonado para que las atropellara un coche… Y no os puedo explicar el porqué sentí una pena más profunda que un pozo y comprendí que los de mi panda teníamos una misión con él.

Mientras yo me deshacía por dentro, el chinchachincha de Quintanilla, a lo suyo, fastidiando al Bolo.

—Es que no te enteras, tonteras —dijo con retintín el del ordenador.

Por si no lo he dicho antes, resulta que Quintanilla y el Bolo no se soportan porque Agustín Quintanilla, que a veces va de *sobrao,* dice que, por mucha historia de Ulises que se gaste, el Bolo es un ignorante (sinónimo *del que no sabe).*

—Conmigo no te metas, ¿eh? Que yo no me he metido —protestó mi superamigo, que también se pica en seguida.

Yo le hice un guiño como para que se callara, porque me trastornan mucho las peleas y él ya sabe lo que hay con Quintanilla, para lo bueno y para lo malo; pero no sé si es que no me vio o es que a él todo le da igual, porque continuó:

—He dicho que parece un caniche porque lo parece, así que eso no quiere decir que yo no supiera, que sí lo sabía, que Chester es un caniche.

—Venga, sí..., para ti la perra gorda.

Para ti la perra gorda es una frase con un sinónimo muy feo dentro y significa que, por el momento, ya no hay más que discutir porque uno de los dos piensa que no vale la pena ni siquiera reñir, por lo que el otro se queda más que planchado.

Gao Li no lo sé (hay cosas con él que son pura interrogación), pero yo estaba empezando a mosquearme ya. De uno en uno y por separado Quintanilla y el Bolo son amigos estupendos, pero juntos son la bomba. No me gustaría que ocurriera lo del verano pasado que a media canícula se enfadó Agustín Quintanilla y, ¿qué hizo?, se encerró en su casa con su abuela y el ordenador y ya no lo vimos en lo que de sofoco les quedaban a aquellos días.

Claro que el Bolo es mi mejor amigo, sea lo fantasma que sea, lo gordo que sea y diga las bolas que diga. Qué pasa si le gusta a él dar la brasa con Ulises. ¡Allá películas cada uno! Pero también me quedo con Quintanilla, y eso no voy a negarlo, porque con él se aprenden cosas increíbles. ¿O no lo es que las palabras tengan, como si dijéramos, recambios, apariencias, repuestos, accesorios y complementos? Quintanilla hará carrera.

Por eso aquella mañana, con los nervios de investigar sobre Chester, ni mi amigo Li ni yo teníamos ganas de broncas, lo que queríamos era que el Bolo no pusiera de malas a Quintanilla para que este enchufara de una vez su ordenador y nos dijera palabras explicadoras sobre el pobre chucho abandonado y maltratado. No merecía la pena que se fuese a la porra esa averiguación por un quítame allá esas pajas.

—Lo importante ahora es Chester —habló Gao Li como un oráculo.

Verdadero. Entre todos debíamos poner en claro lo que no lográbamos entender.

¿Cómo podía alguien maltratar y abandonar a un cachorro en mitad de la carretera, a su suerte? Esa era una película donde los malos ríen desalmados y entregan al animal a una muerte segura. ¿Y por qué? Cosas de la crueldad perversa. Se supone que alguien que tiene un perro debe cuidarlo. Lo sabe todo el mundo: el perro es el mejor amigo del hombre. ¿Entonces?

El caso es que Quintanilla, aquella tarde, había tenido a bien reunirnos a Gao Li (con su cara de chino se entera de todo, no creas), al Bolo y a mí, en la intimidad de su ordenador, para seguirle la pista a Chester.

Eso sí.

—Sin la cría —me dijo alto y templado, y no se apeó de esa condición.

Claro que me costó despistar a la Chiqui y a mi madre, pero el asunto era de mucha miga, porque ¿no he dicho ya que Quintani-

lla es el único de los amigos que tiene ordenador? Pues por eso mismo.

Al final, menos mal, Agustín Quintanilla aunque fuera con un feo gesto pasó de la ignorancia del Bolo, conectó el aparato y consideró que las cosas se empiezan por el principio. Y aunque el que más y el que menos ha visto un caniche en su vida, o tiene como yo una enciclopedia de animales, le pareció a él que había que teclear en el ordenador esa palabra: *caniche,* y «un mundo incógnito», dijo, se abriría ante nuestras entendederas.

Ni media palabra más.

4
De caniches e individuos (¿Dónde está la Chiqui?)

Me gustan las vacaciones de verano por los albaricoques y los melocotones, por el cine de verano con pipas y bocadillo, por la balsa que mi padre nos infla en el patio (lista con agua para que la Chiqui y yo nos bañemos), y porque prefiero ver a mi madre con la espita desinflada, a medio gas, con cara de siesta y pereza, pintándose las uñas al fresco, de cháchara con mi tía Amelia.

Un verano es como un mogollón de domingos juntos. En verano no hay apresuramientos. Todo el mundo va tranquiiiiilo, sin urgencias, sin agobios de no llegar a los sitios a la hora, tan suave la vida familiar.

—El que quiera cena que se prepare un bocadillo —dice mi madre.

Cuando por fin llega la canícula, a eso de las ocho y media de la tarde, esta madre mía se sale a la calle, se pone al ayuntamiento por montera y rocía un poco la acera (el señor alcalde ha prohibido hacerlo por la sequía). Entonces saca ella la silla plegable que compró aquella vez que mi padre la llevó a Los Nietos (una playa estupenda que está en el Mar Menor) y se coloca en la puerta de la casa a esperar el cierre de la Peluquería Rodríguez. A mi padre es al único que le fríe unos chorizos para la cena, «y lo que haga falta». Al poco, aparece mi tía Amelia; porque como en mi calle casi no pasan coches y hay anchura, ahí se plantan con los asientos a tomar el fresco y a echarse unas parrafadas tan ricamente. A esas horas, aparece también la buena vecindad del edificio Almería, lindante con mi casa, y la señora Lucía, vecina de la acera de enfrente. Hecho el corrillo, raro será que el grupo no prolongue la charla, abanicándose y quejándose de los hijos, los maridos, o el calor, hasta bien entrada la noche.

En esos ratos, antes de que el personal acuda a la poca brisa, mi madre y la tía Amelia se ponen al día, eso que dudo que les quede algo por contarse porque a estas dos no las separa más que el tabique medianero de las casas. Al poco se sucede el chirriar de la bajada de la persiana de la tienda de alfombras de Osmand, que acaba de recoger las cosas hasta el día siguiente. Osmand siempre es el último en cerrar el negocio (bueno, el que más es mi padre que se queda escuchando la radio en la Peluquería Rodríguez con su ventilador puesto hasta las tantas); Osmand, digo, es el comerciante finalista en recoger y atravesar la calle donde el grupo casca al soplo del aire, empujando la silla de ruedas de su hermano Hamed.

—Buenas noches.

—A las buenas noches, Osmand y la compaña —les cumplen el saludo—. ¿Ya de recogida? ¿Qué tal el día?

—Nada. Hoy tampoco no vendo alfombra.

Este cuadro disfrutaba la puerta de mi casa aquella atardecida cuando volví de la investigación de casa de Quintanilla. Siempre me quedo ahí en medio un buen rato porque soy familiar y me gusta aprender las cosas de la vida que me espera, pero esta vez pasé vertiginoso sin detenerme porque tenía la cabeza puesta en otra cosa: el mundo de los caniches. No podía dejar de pensar en la raza caniche, ya ves tú qué cosas, y sobre todo sentía una gran confusión cerebral, más que nada por no entender la forma de actuar de mi raza humana. ¡Vaya unos tontos!

Y si no, mira de lo que nos enteramos investigando en casa del Quinta.

Resulta que al principio el caniche vino de Francia, y que era muy valorado por la maña que se daba cazando patos y gansos; precisamente por su aguante en el agua se les llamó perros de aguas. Hasta ahí bien, ¿no?

Bueno, pues por ser perros graciosos e inteligentes, ¿qué te crees que les hicieron? Los amaestraron para ¡el circo! (Es que a mí no me gusta el circo; ya os contaré el porqué otro día.)

Luego lo del pelo. Aunque el pelo de los caniches sirve para protegerlos del frío, se les ocurrió a los individuos humanos que estarían más monos pelados. Así se pusieron de moda sus absurdos cortes... Ah, y lo de que al animalico se le ampute la cola (como dice Quintanilla), o se le corte (como digo yo), eso no es de estar bien de la cabeza, porque el perro la necesita para comunicarse.

—Cosas del pedigrí y de la pureza de sangre —dijo mi amigo con enfado—. A algunos les patinan las neuronas.

—Son como críos —despreció el Bolo.

¿Os parece normal? Un perro que era cazador de aves pasó a ser mascota de gente gansa.

Por lo demás, tomamos buena nota de cosas tocantes al cuidado de los caniches. Por ejemplo, hay que lavarles los ojos y las orejas con frecuencia, y tendremos que comprar un champú especial si no queremos que pierda el aceite natural que tiene su pelo. ¿He dicho *tendremos*?

—Mira qué bien, son lanudos, pero no sueltan pelo. Estupendo, ¿no? —dijo al mirarme con el rabillo del ojo el Bolo—. Así será más fácil que... —no acabó la frase.

—Hay que explicarles que son perros muy alegres —dijo Quintanilla sin aclarar a quién había que explicárselo.

—Son muy inteligentes a la hora de aprender —añadió el mismísimo Gao Li (eso que parece mudo).

Cuando me fui a dar cuenta, a todos les parecía que esos eran datos que mi familia tendría que conocer... Lo que no sé es en qué momento de la investigación mi amigo Li el chino, pero sobre todo el Bolo y Quintanilla, se pusieron de acuerdo por primera vez en su vida para endilgarme la tarea de proponer a mis padres la adopción de Chester.

Claro que hecha la consideración de que Quintanilla vive con una enérgica abuela que grita si le pisamos por lo recién fregado, que Gao Li no puede por ser el chino que es, y que en casa del Bolo ya son ciento con la madre, dos abuelos y un gato, las papeletas eran todas mías.

Mía la responsabilidad. Bueno, en realidad la faena de intentar que colara lo de meter un perro en casa no podía ser de nadie más que de la Chiqui. La Chiqui tendría que intervenir. Ella tiene potentes dotes de persuasión.

En fin, que la tarde en casa de Quintanilla se nos pasó volando. Y que cuanto más lo pensaba, más me invadía la pena, pero también la rabia al acordarme de ese pobre perro Chester. ¿Quién sería capaz de maltratar a un cachorro así? Desalmados.

Lo que digo en mi descarga es que yo no tenía la cabeza para otra cosa que no fuera el sentimiento que despertaba en mí aquel perro. Ni aun cuando la voz de mi madre atronó en mi sesera:

—¿Javito, dónde está la Chiqui? ¿Es que no estaba contigo?

Mi sentido de la carga se erizó. ¿La Chiqui?

¡Hay, no, no, no! Vaya manera de empezar a pedir favores... Hacía mil horas que me había desentendido de la cría, tranquilamente, disfrutando la excepción de no llevarla pegada a los talones.

5
La Chiqui, investigadora por cuenta propia (Aladino)

Menos mal que en mi barrio es muy fácil encontrar a la gente. Y que vivimos cerca de la estación de autobuses, y la estación de autobuses está precisamente en el barrio de San Andrés, junto al Mercado de San Andrés, porque si la estación de autobuses llega a estar en la otra punta de Murcia me la cargo bien cargada y se la carga la Chiqui. Vaya que sí. Porque esta cría, que parece mentira que solo tenga los años que tiene, cuando se le mete una cosa en la cabeza, es de terca…

Aquel día, que no era domingo ni nada, se le había ocurrido a ella que tenía que hablar urgentemente con Celso, nuestro conductor de autobuses favorito; y a buscarlo se fue a la estación. Y con ese pico que tiene y esa cara de avispa pero también de no haber roto un plato en su vida, preguntó, preguntó, y esperó; hasta dar con él.

¿Qué le urgía? Chester, naturalmente, el mismo asunto que nos tenía inquietos y mudados de aires a todos LOS RESTOS de la panda de San Andrés.

Pero veamos.

La cosa fue que la Chiqui se dio cuenta en seguida de que Quintanilla, Li el chino, el Bolo y yo habíamos ido a la nuestra, y que otra vez hacíamos la pirula y le dábamos esquinazo.

¿Qué hizo entonces la Chiqui?

Como ella no se corta un pelo, se marchó a la tienda de Osmand, como tantas veces, pero en vez de quedarse allí con él y con Hamed, aleccionándolos como suele con dictados, lecturas, sumas y restas, entró a saco en la materia, a su manera.

—¿Osmand, me puedes prestar tu alfombra mágica? —pidió.

Palabra. A la Chiqui le encanta el cuento de Aladino, que no contento con tener una lámpara maravillosa viaja el tío en alfombra voladora.

Claro que a Osmand no le pilló por sorpresa porque conoce a la Chiqui desde que nació. Es más, ella sabe que cuando no estamos el resto de los mortales y por una casualidad yo logro escurrirme de su zarpa, puede esperar en la tienda de Osmand y Hamed. Ellos siempre tienen tiempo para escucharla, porque en ese negocio casi nunca hay nadie, solo alfombras y más alfombras; bueno, y las esteras y los felpudos, que cuando Osmand no vende alfombras orientales alguna que otra esterilla sí vende.

—¿Para qué querer Chiqui alfombra mágica?

—La necesito. Tengo que ir a buscar a Chester.

—¿Chester?

—Es un perro abandonado y tengo que buscarlo. ¿Me prestas la alfombra?

—Osmand está triste por ese perro, pero Osmand ha dejado alfombra mágica a Alí Babá y..., ah, también se la prometí a Salomón y a la Reina de Saba.

—Vaya —se mostró contrariada solo un instante, pero en seguida se sobrepuso—: Entonces iré a ver a mi amigo Celso a la estación —resolvió—. Él tiene un autobús y me llevará a buscar a Chester.

Y antes de que se diera cuenta la cría salió zumbando.

De todo eso me enteré después, porque cuando mi madre señaló la falta de mi sombra, descarté a Osmand, que estaba en mis mismas narices, y me fui a buscarla.

El recorrido habitual de la Chiqui es sencillo.

Podría ser que mi hermana estuviera en el locutorio Geomil Envíos S.A. haciéndo-

le compañía y dando la vara a la paciente Roxana. O en el «Compro oro/Empeños» del señor Julián, el amigo de mi padre al que ella vuelve loco con sus baratijas. O en el Galaxia Vídeo, con Quique y la Santi. O en el «Comercial Rosique/Multiprecio», el reconvertido «Todo a cien», la tienda de doña Angustias. Ahí tiene la Chiqui su bazar de juguetes y la particular amistad de la dueña, que como ella dice aunque mi madre reniegue: «A la Chiqui la he criado yo con mis pechos», que se refiere a la de veces que se le ha quedado la visita dormida y nos la ha devuelto hecha un rosco en sus brazos. Pero mal que les pese a los pechos de doña Angustias, la Chiqui tiene otras preferencias. ¿Estaría en la tienda de Gao Wang, el chino que vino a instalarse hace ya cinco años en el barrio, el de los «Frutos secos y artículos de regalo»? El señor Gao, gran amigo de mi hermana, resulta ser el padre de mi silencioso amigo Li (se me olvidó decir que Gao es su apellido, porque los chinos, cosa más rara, lo ponen delante del nombre).

Empecé por un sitio y acabé por el otro, es decir, volví al corro de vecinos para que Osmand, con esa melsa que se gasta, me contara que mi Rebeca (¿olvidé decir el nombre verdadero de mi Chiqui?) había ido en busca de un tal Celso.

—Donde los autobuses —dijo.

Menos mal y menos mal que la estación de autobuses de Murcia, sita en el barrio de San Andrés, está cuatro calles más allá de la mía, junto al Mercado de San Andrés. Y no sé si lo he dicho ya, pero es que en mi barrio no se pierde nadie. En mi barrio lo que hay son parroquianos de todos los colores, y los latinos, los africanos, los ucranianos, los turcos, los chinos y los murcianos conviven y se entienden, «que a la fuerza ahorcan», dice mi padre. O mi madre, que ella a mi padre le da recados para el alcalde que parece que lo conoce de toda la vida (como no sea que haya ido alguna vez a pelarse…).

—Dile a tu amigo el señor alcalde que el festival de las Tres Culturas se le ha *quedao* chico nada más inventárselo. Y que si quiere comprobarlo con sus propios ojos que venga y se dé una vuelta por el barrio de San Andrés.

Bien. El caso es que Celso y la Chiqui estaban en su sitio, sentados en un banco en la estación de autobuses. Nuestro amigo, el conductor de los domingos, pidiéndole a la cría la dirección de mi casa para acompañarla de vuelta, mientras ella suplicaba su ayuda en el caso de Chester, el perro abandonado, «*porfa*, Celso, *porfa*».

—¡Menos mal! —dijo el hombre cuando me vio llegar—. ¿Cómo la has dejado sola?

(No sé por qué la gente siempre consigue que acabe sintiéndome mal. ¡Yo no soy su guardián!)

En cualquier caso, Celso prometió su apoyo.

Comenzaría sus pesquisas en la Asociación de Amigos de los Animales de Palencia, el lugar adonde fue trasladado el perro, según la noticia.

De todos modos, yo ejercí de hermano mayor y le dije a la Chiqui:

—Anda y tira para la casa que cuando llegues te la vas a cargar... Venirte tú sola a la estación, ¡a quién se le ocurre!

—Eso por dejarme ahí tirada —hipó.

Siempre siempre lo consiguen, que me sienta mal. Es vomitivo.

6
Lo que sabemos
(Por encima de su cadáver)

Sabemos lo que sabemos. Y no sabremos mucho pero lo que sabemos está más claro que la albúmina, como dice mi tía Amelia, que ella sabrá lo que quiere decir.

Por eso sabemos que a veces hay imposibles que, por puro machaque y a fuerza de ser pelmazos, al final se consiguen. Aunque mi madre debe ignorar este principio porque sabemos ahora como nunca antes que mi madre no mete un perro en su casa ni loca. Se ponga la Chiqui como se ponga, y os aseguro que sabe ponerse. ¿Lo he dicho ya? A mi hermana la oyes por mucho que te tapes las orejas. Taladra el cerebro.

—Quiero a Chester —gritó llorando—.

LO NECESITO, mamá, la Chiqui va a cuidarlo. Te lo prometo, mamá, guapa. ¡TE LO JUROOOOOO!

—Por encima de mi cadáver —la autora de mis días se pronunció como una sentencia—. Ya sabes que por ahí no paso, Rebeca. ¡Y no hay más que hablar!

Mi madre no llama a mi hermana Rebeca más que por fuerza mayor (la causa os la contaré otro día). Pero lo que a mí me impresiona es escucharle esa frase letal a mi madre: «¡por encima de mi cadáver!». Un cadáver es megaserio. Es imposible pasar pisando por encima de una madre difunta para conseguir quedarse con un perro. ¡Que no! Yo desde luego me rindo, aunque no así la Chiqui.

—Eres mala, mamá, muy mala —abroncó enrabietada—. Chester me necesita...

—Por eso tú no te preocupes, hija. Chester ya está cuidado.

—¡¡Noo y noooo!! No te quiero —y como

si hubiera dado con la tecla solucionadora, amenazó sobrada—: Se lo voy a decir a mi tía Amelia.

Eso dijo mi Chiqui, la de por el interés te quiero Andrés, por provocar, y porque de sobra conoce esa debilidad de las madrinas por las ahijadas.

—Bien, vete a ver a tu tía. ¡Con la tirria que les tiene a los animales! Ya sabes que le dan alergia.

Una pena lo de la tía Amelia, que no puede ella, porque si no su casa hace tiempo que sería el arca de Noé, visto el amor de mi hermana por todo bicho viviente.

—¿Yo? Ay, qué va, imposible, cariño —lo dice siempre—. Me entran los picores y me trastorno, me da erupción y… ¡lástima!

Eso dice. Por eso mismo la Chiqui siguió a la suya, insolente, atrevida e intensa; solo que como mi madre no sabe lo de las palabras sinónimas, le parece lo de siempre, que mi hermana está impertinente (lo habitual en ella), un fastidio que mi progenitora achaca invariablemente a lo mismo.

—A cenar, Chiqui, y a la cama, hale, que tienes sueño.

Y como llorar da mazo de sueño, al rato, como si le diera la razón, ahí está la cría, sobando como un zopenco, tanto trueno con lo de amparar a Chester.

El caso es que ha empezado bien:

—Mamá, tenemos que adoptar a este perro —ha dicho mi hermana mostrando el recorte del periódico que lleva en el bolsillo hecho una pena—. Se llama Chester y lo han abandonado cruelmente. ¿Lo ves? Pobrecico, mamá, ¿no te da lástima? Mami, por favor, a ESTE SÍ lo tenemos que adoptar.

—Te recuerdo que ya tenemos una niña de la India apadrinada —ha dicho mi madre sin impresionarse lo más mínimo, vamos, como la que oye llover en abril.

—Es el último favor que voy a pedirte en toda mi vida. Te doy mis palabras.

—Es suficiente con dar la palabra —se ríe mi madre.

—La palabra que tú quieras para ti, mamaíca guapa.

—No seas zalamera, Rebeca. He dicho que por encima de mi cadáver. Que no.

Entonces fue cuando la Chiqui empezó a desbarrar, con el griterío.

Ni por esas. Pues que ya cedió mi madre con el canario, con los peces, y con el hámster, que dijo basta cuando la Chiqui le vino con la milonga de que le tocaba cuidar el hámster, la mascota de su clase, que jura que le tocó en sorteo y no salió voluntaria.

—Os creéis que los animales son juguetes —se enfada mi madre—, ¿y ves?, hay que ser responsables. Tener animales no es un juego, es un trabajo.

O sea, «llueve sobre mojado», como dice mi tía Amelia, que tiene mucho mundo y es muy instruida, porque para eso ha vivido en el extranjero cuando se fue a trabajar a Francia; que aunque luego se volvió al barrio de San Andrés, a punto estuvo de casarse con un francés y quedarse a vivir allá.

Por continuar con lo que sabemos, os diré, por si no lo sabíais, que Palencia, la ciudad adonde llevaron a Chester, está acullá, donde Cristo perdió el gorro, o sea, lejos, lejísimos. Y como muy bien dijo el Bolo:

—¿Veis? Si yo tuviera ahora mi título de conductor de autobús, iríamos de balde a esa ciudad a conocer a Chester. Porque lo de conseguir quedarnos con él es como comerse la luna...

—Se dice como alcanzar la luna —puntualizó en seguida Quintanilla.

Alcanzar la luna o comérsela, que más dará, sabíamos que intentar quedarnos con Chester era un imposible para nosotros. (Pobre cachorrillo, con su carilla triste y esos rizos sucios cayéndole como lágrimas sobre los ojos, lisiado y abandonado...)

Todo eso sabíamos. Aunque el intríngulis

de aquel bárbaro atropello que había sufrido Chester a ninguno nos entraba en la sesera.

Cierto que mi amigo Gao Li, Quintanilla, yo, la Chiqui, y hasta el Bolo, sabíamos algunas cosas importantes de la vida, pero otras no las supimos hasta el verano que nos tropezamos con Chester: existen personas crueles y desalmadas.

Nosotros solo las habíamos visto en las películas. Y yo, de los cuentos que me contaba mi abuela: el tío del saco, el sacamantecas, los perversos...

Claro que en nuestro barrio no hay esa clase de individuos.

Aquí somos vecindario y, aunque hay gente para todo, como dice mi padre, cada cual se dedica a su negocio y santa paz, nadie maltrata, ¿para qué?

Y hablando de mi padre... Mi padre, mira tú por dónde, fue el primero que se fijó en el detalle de la fotografía donde aparecía Chester.

—Este perro tiene el pelo cortado de peluquería. No hay más que verlo —dictaminó—. Los que le abandonaron a su suerte eran gente bien, mejor dicho, gente de dinero, que no es lo mismo. Esos cortes de pelo cuestan…

—¿Y eso significa…? —preguntó Li, mi amigo chino, que no sé si he dicho que no habla mucho.

—Significa que sus dueños, aunque sean unos cafres, tenían posición —y añadió como el experto que es—: Ah, y el corte de pelo parece reciente…

A veces, mi padre, aunque se niegue a cerrar la peluquería más que el día de Navidad, mola *cantidubi*.

7
La tía Amelia
(Menuda sorpresa)

A los pocos días de que se celebrara el encuentro de Celso con la Chiqui en un banco de la estación de autobuses, apareció un hombre buscándonos por mi calle. Iba vestido con su camisa azul, al parecer recién salido del trabajo (dato que nos proporcionó más tarde mi tía Amelia).

Se trataba del mismísimo Celso, que venía a darnos noticias de Chester, tal y como había prometido. Insólito, ¿no? Porque los mayores eso lo hacen mucho. «Sí, mañana... Ya veremos...», dicen, y como si mañana fuera el día del Juicio Final, nadie se acuerda luego de ninguna promesa. Menos Celso, una especie de adulto en extinción, que ¡vaya si vino!

Sucedió que no había nadie en mi casa. Como todos los días mi padre estaba en la barbería, mi madre limpiando las oficinas de los Servicios Sociales, y la Chiqui y yo en el mercado. Y es que los de la panda quedamos muchas mañanas del estío *(verano* también puede decirse *estío,* por extraño que parezca) en la plaza del colegio y nos acercamos a echar una mano al Mercado de San Andrés. A Mariano el de las verduras le colocamos en fila los melocotones, o le damos lustre a los tomates y a las manzanas; cuando no le hacemos un recado a Anita, la del puesto de las flores... Ayudamos porque nos gusta y ellos siempre nos dan para chuches, menos yo, que no tomo dinero, me lo tiene dicho mi padre.

—Anda y toma estos *albercoques,* que *m'habéis ayudao muncho* —Mariano el de las verduras es que habla francamente mal, como dice Quintanilla.

Así que por las mañanas mi hermana y

yo no estamos en casa. Luego, después de arrimar el hombro un rato, volvemos a la plaza del colegio, a la sombra de los cuatro naranjos que han dejado en pie los del ayuntamiento, como le dice mi madre a mi padre:

—Mira a ver qué hace con tu voto tu amigo el señor alcalde, que parece que le molestan los árboles, venga a hacer aparcamientos y asfaltar. ¿Y los árboles, qué?

Ahí, a la sombra de los que no ha mandado cortar todavía el señor alcalde, nos sentamos los de mi panda a jugar, a charlar, o a ver qué pasa.

Cuando puede se nos une el amigo Li, que a esas horas ya lleva las suyas ayudando a su padre. Y el Bolo el último, que acaba de levantarse y desayunar, y entonces es cuando todos, con la Chiqui, claro, y Quintanilla (que a veces ni viene, enganchado a su Internet), después de deambular un rato en la plaza, ponemos rumbo a la tienda de Osmand.

—Tu tía ha venido a buscarte, Javito —me dijo Hamed en cuanto me vio aparecer.

Y Osmand a continuación:

—Javito, tu tía Amelia...

—¿Qué quería?

—*Che pá,* que en mi idioma significa 'no lo sé' —dijo Osmand.

Por eso mismo, en vez de quedarnos allí tranquilamente esa mañana con Hamed y con Osmand, toda la reata nos mudamos al Sangüi, el súper donde trabaja mi tía Amelia.

—¡¡Ha venido a buscaros Celso!! A ti y a la Chiqui... —dijo exaltada y feliz mi tía mientras le cobraba a una señora forastera (ninguno la conocíamos)—. Y no sabéis lo mejor...

La Chiqui y yo nos miramos.

—¿Celso? ¿El conductor de autobús? —pregunté incrédulo.

—¡Es Chester! Celso sabe cosas de Chester... —se adelantó la criaja.

—Ha dicho —dijo la cajera con un contento que la desbordaba— que volverá mañana. Que mañana libra y no tiene turno.

Ahora lo entiendo todo. Digo que ahora entiendo tanta alegría por parte de mi tía, después de lo que nos enteramos. ¡Menuda casualidad!

Parece que ella y Celso se conocen de muchos muchos años atrás, cuando eran jóvenes. Pero no es solo eso. La noticia es que fueron más que amigos porque Celso y mi tía Amelia... ¡fueron novios!

De esas cosas románticas y tal, me puse al corriente después, por la noche en la cocina de mi casa. A la tía Amelia parecía que le habían dado cuerda, porque no paró de hablar mientras mi madre preparaba la comida del día siguiente.

—Salgo de mi casa tan tranquila..., es que hoy tenía turno a las doce en el súper, ¿no?, y me lo encuentro a bocajarro, en tu puerta. Y digo para mis adentros, ¿pero no es Celso? Oye, que está igual, sin pelo, pero está lo mismitico. Y va él, me da un repaso y pregunta: «¿Amelia Pedreño? ¡Vive Dios, si eres tú!», ha dicho. Mira, por poco me da un patatús...

—¡Ya es casualidad después de tanto tiempo!

—Las casualidades no existen, nena —dijo mi tía suspirando—.Y qué bien lo he visto. Con los mismos ojos bondadosos, igual de socarrón. Tímido, eso sí, como es él. No te digo la carilla que se le ha puesto, me comía con los ojos. Claro que yo no daba pie con bola, qué nervios. Y va a venir mañana otra vez, que libra. Quiere hablar con los chiquillos de no sé qué perro.

—Chester —apunté yo—. Se llama Chester el perro.

Pero mi tía no escuchaba, y más raro, no le ayudaba a mi madre con las croquetas.

—¡Volver a encontrarnos ahora, al cabo de los años! —platicaba ensoñadora.

—Si será buena gente, venir a ver a unos chiquillos... —dijo mi madre.

—Parece que va de un perro y que no sé qué lío se llevan estos…

—Se llama Chester. El perro se llama Chester —repetí yo.

La tía Amelia siguió como en una nube todo el ratazo que mi madre tardó en envolver ella sola las croquetas con huevo, harina y pan rallado. De brazos cruzados, como ida, hasta confesó lo mucho que le gustaba a ella ese Celso.

—Pues hija… —disparó mi madre a dar—. Tú lo dejaste plantado para irte a Francia…

Cuando uno escucha esas cosas siente que es el momento de evaporarse, y entonces o una de dos, o te esfumas tú, o están a punto de echarte del sitio con un cocotón. Menos mal que ellas, a lo suyo, sin reparar que hacía rato que había acabado mi vaso de leche con galletas y andaba olisqueando en la conversación (me gusta informarme de las cosas de la vida que me espera).

—Era muy joven y tenía espíritu aventurero —se defendió mi tía.

Aunque hizo un gesto de vampiresa que no le conocía y se sacudió la melena hacia atrás:

—¿No hacen eso mismo los hombres? Pues yo también.

—Siempre has sido un poco marimacho, la verdad —atacó la cocinera sin piedad—. Una descarada, vamos.

—Pues no, mona. Lo que pasa es que tú desde pequeña ya querías casarte —contraatacó la otra—. Yo tenía otras inquietudes.

—¡Inquietudes, inquietudes! Habrá cosa más hermosa para una mujer que casarse y tener hijos...

—No empecemos, nena —protestó la tía Amelia a mi madre, que suele llamarla así pese a ser ella la menor de las dos hermanas—. Celso entonces no entraba en mis planes... Además, yo era una muchacha novelera, un poco loca, y Celso ¡demasiado sensato!

—Un bendito debía de ser para aguantarte.

Por todo lo que escuché mientras mi madre rebozaba (oye, qué pesadas son de hacer las croquetas), la tía Amelia era una joven muy resuelta y decidió que se iba a trabajar al extranjero y que ¡fin del noviazgo con Celso!, que al tiempo se arregló y casó con una prima. Por su parte, mi tía a punto estuvo de quedarse a vivir con un franchute que le decía cosas lindas en la oreja y le hacía tilín. Aunque el cascabeleo a mi parienta le duró solo un par de años. El tiempo de darse cuenta de que se había equivocado de príncipe azul, y que era hora de volver a España.

En cualquier caso y fuera lo que fuese que hubiera sucedido en aquellos entonces, parece que Celso no estaba enfadado en absoluto con la tía Amelia, trastornada a su vez con el feliz e inesperado encuentro.

—¿Sabes lo mejor? —confesó Amelia a mi madre—. Que su prima y santa esposa murió hace un año y ¡¡¡está viudo!!!

—¿Lo mejor para quién? –preguntó horrorizada mi madre, mirando de soslayo a su hermana y sin perder de vista las croquetas que depositaba con exquisito cuidado en el aceite hirviendo—. ¿Para quién es mejor que Celso esté viudo ahora? Porque tengo que recordarte lo mucho que ese Celso padeció cuando lo dejaste plantificado.

—¡Ay, mujer, cómo eres! —protestó la acusada apartando las palabras con sus manos.

Y como no estaba dispuesta a que mi madre le amargara el contento, salió de la cocina camino de su casa, dándole aire al vuelo de la falda y gritando más feliz que una perdiz:

—Y tampoco ha tenido hijos, ¡¡¡YUJUUUU!!

8
Palencia no es Valencia
(El encargo)

En el ordenador de Quintanilla lo leímos claramente: «Acércate a Palencia».

Allí, en la página de información turística, decía dónde está situada geográficamente Palencia, en la región de Castilla y León, y ahí mismo sacamos en conclusión al echarle un vistazo que estaba en el quinto pino con relación a Murcia. Y eso que ponía: «Palencia es el lugar ideal para disfrutar de unos inolvidables días entre sus paisajes, su arte y su cultura». Yo me fijé especialmente en el apartado de «deleitarse con su gastronomía» (o sea, que está riquísimo lo que allí se come), porque mi familia tiene buen saque, a ver si entrándoles por esa debilidad…

Porque LOS RESTOS, desde el principio estuvimos de acuerdo en proponer a los adultos hacer ese viaje conjunto a Palencia. Quintanilla, el Bolo, Li el chino, la Chiqui y yo convenceríamos a nuestros padres para que nos llevaran a Palencia. Era lo menos. ¡Ya que no podíamos quedarnos con el cachorro! A cambio, si nos acercaban, se pondrían tibios de belleza y del rico papeo de Palencia.

Parecían excelentes razones pero, qué infelices, convencer a esas almas insensibles de que los de mi panda DEBÍAMOS ir a Palencia resultó más difícil que comerse la luna. Primero, porque Quintanilla vive con su señora abuela (otro día explico lo de este Quintanilla que vive con su yaya porque sus padres no están), una abuela que como ese nombre revela es poco dada a las excursiones. Segundo, porque el Bolo, hijo único entre hermanas múltiples, siempre está castigado, así que es peliagudo imaginarse a nadie de esa casa llevándonos amablemente a Palencia. Tercero, porque los padres de Li el chino son como de otra raza, la raza china, o sea una categoría humana que trabaja como chinos, de donde dedujo todo el mundo que el sorteo, la rifa, la papeleta, recaía nuevamente en mi familia. Claro que uno lo agradece, pero uno se pregunta por qué debe cargar siempre con los marrones imposibles por el hecho de pertenecer a una familia guay... Menos mal que la Chiqui se fue directa directa a su silla de pensar y, aunque sea una vergüenza decirlo, el plan se le ocurrió a la mocosa.

—La solución está en la tía Amelia —dijo mi hermana como un oráculo una vez que se levantó de su famosa silla.

—¡Pero qué dices!, si la tía Amelia es alérgica a los animales —le protesté yo mismo a Rebeca—. ¡Además, solo tiene el carné de moto! ¿No querrás que nos lleve a *coscoletas?*

—Pero está Celso —dijo mi hermana desde su profunda sabiduría de mujer—. Y la tía Amelia lo convencerá.

¡Perfecto! Porque una cosa es tener alergia a los animales, y otra acceder a pasar unas bonitas vacaciones en Palencia, concretamente en compañía de un antiguo novio, sus sobrinos queridos, y los estupendos amigos de esos seres queridos.

¿He dicho ya que la Chiqui es un genio?

A todos LOS RESTOS de la panda nos pareció inmejorable propuesta.

Claro que entonces las cosas, en vez de complicarse y empeorar para darle más emoción al asunto, se nos pusieron de cara y mucho más fáciles de lo previsto. ¿Y queréis saber por qué? Pues porque Celso, que ahora venía a ver a la tía Amelia cada vez que tenía un ratico libre, anunció que sus pesquisas con Chester le habían llevado a localizarlo en... ¡Valencia!

Palabra de honor. Es que por muy perfecto que sea Quintanilla, Quintanilla comete errores, y Quintanilla había leído Palencia donde, bien investigado por Celso, era Valencia. ¡Qué alegría tan grande!

Porque Valencia ya no es Palencia.

Valencia, para empezar, está más cerca de Murcia, además de que «es la capital de la Comunidad Valenciana y de la provincia homónima» (ya imagináis que Quintanilla aprovechó para colarnos ese tanto).

A lo que iba. Lo leí en la enciclopedia de mi tía Valencia es prima hermana de Murcia por su huerta, su río y ¡sus playas! Entonces, por aquello de ser verano, estío, y canícula, se nos ocurrió que de camino, bañarse era un planazo.

—Un bañito en el mar, la famosa paella... —se relamía el Bolo.

De todo esto, lo que más claro me queda es que la Chiqui es un mundo aparte, una *monstrua*. Ella y su silla de pensar.

¿Que qué es eso de la silla de pensar?

9
Un huevo no es un pollo (La silla de pensar)

Cuando le comentamos a la Chiqui lo feo que estaba el asunto de Chester, la Chiqui dijo:

—Me voy a mi silla.

Desde bien pequeña, la Chiqui, sola, sin que nadie se lo mande, cuando se encuentra con un dilema en su vida hace dos cosas: o chilla como los demonios, o se sienta en su silla de pensar.

En casa todo el mundo respeta la silla de pensar de la Chiqui. Ese es un lugar reservado que en realidad no es más que el sillón favorito del abuelo cuando aún vivía. Situado en un apartado rincón del comedor, la Chiqui se coloca ahí a pergeñar, que es como incubar un huevo y ver que se convierta en pollo. Otros lo llaman ordenarse la cabeza. El caso es que a ese sillón mi hermana le da mucho uso. Y aunque la veas cabizbaja, la cara oculta entre las manos, las piernas colgando, concentrada, al cabo se levanta como nueva, iluminada. Total, o ha solucionado la complicación, o se ha tranquilizado y a otra cosa, mariposa.

La costumbre de la famosa silla de pensar no es cosa de familia, sino herencia de la clase de doña Carolina.

A doña Carolina todos la recordamos de nuestro paso por su clase en Infantil, por lo cariñosa que era, por las mañas que se gastaba, y porque nos llamaba de usted.

—Siéntese un rato en la silla y active las neuronas, oiga usted. Ya me agradecerá que le hayan enseñado a pensar —nos soltaba ella, y se quedaba tan pancha.

Ese asiento de la clase estaba necesariamente situado en un rincón alejado del ba-

rullo; por allí hemos pasado todos los de la panda (menos Li el chino, que se incorporó más tarde al colegio y no ha conocido el método, aunque me da en la nariz que él no lo necesita). Una silla que era el lugar donde acabar con rabietas, llantos y peleas... Y es que parece que usar la cabeza, cavilar sinónimamente, discurrir, da siempre buenos resultados... (Si el huevo no se esclafa antes).

No digo que no, pero fíjate que yo prefiero utilizar el trasero.

Lo digo porque me gusta pensar con el trasero mojado, es decir, me meto en la balsa de plástico en mi patio y ahí, tranquilamente, al fresquito, me monto mis películas. O, en invierno, metido con el agua calentita hasta el cuello en la bañera...

Mi Chiqui no, ella en su silla. Muchas veces lo dice mi madre.

—Señor, qué buena idea la de doña Carolina —suspira, aunque en seguida añade preocupada—: ¡Es de rara esta criatura!

La Chiqui es sobresaliente. Por eso mismo, después de pegarse su correspondiente cavilación, se dirigió ella a casa de la tía Amelia y le pidió que llamara a Celso por teléfono para invitarlo a echarse un parchís. (Mi hermana es especialmente aficionada a este juego, además de ser la reina de las trampas, aunque la única que se las permite es la tía Amelia, por ahijada y por consentida.)

—¿Por qué no viene Celso con nosotras a jugar al parchís? —pidió la Chiqui melosa—. Llámalo, anda, tía...

—Mira la cría —dijo la madrina encantada con la ocurrencia—. A eso se llama tener buenas ideas.

Lo mismo pensé yo. Porque tener cerca a Celso es sinónimo de que todo va bien. Mola este nuevo amigo.

Dicho y hecho.

Tiempo le faltó al conductor para cambiarse los turnos y venir a jugar al parchís.

Claro que esta vez sí quise participar, aun

sabiendo que me enfrentaba a la cría más tramposa del mundo.

—Te como y me cuento seis —dijo la Chiqui arramblando para su casilla la ficha azul de Celso, atento solo a mi tía.

—¡Vaya con la Chiqui! —protestó sin disgusto el del embeleso.

Yo me indigno, la verdad, me da rabia tanto atropello. Eso que estábamos a lo que estábamos, pero qué esfuerzos tuve que hacer para no chivarme. Porque ellos, como si nada con la muy fullera. No puedo con las injusticias. ¿Es que nadie más que yo se da cuenta de sus enredos?

—¿Quieres un poco de granizado, Celso? —preguntó la tía Amelia a su exnovio mientras la Chiqui aprovechaba para apropiarse de diez céntimos y dos garbanzos del montón del centro.

—Te toca, tía. ¿Te tiro yo? —propuso mientras se zampaba, con desparpajo y al despiste, otra ficha para su coleto.

—¿Un granizado? Qué buena idea —dijo Celso perdido en la gracia de mi tía y ajeno a los tejemanejes de aquel peligro con ojos a la altura de la mesa que, servida de la confusión de los tortolitos, se contaba más de las veinte casillas que por matanza le correspondían.

—Yo sí que tengo una buena idea —dijo la Chiqui.

A qué negarlo, con irritación, hice como que no la veía desplumar a la gente sin escrúpulos y cantar victoria yendo a refugiar tres fichas en el color de su casa.

—A ver, preciosa —dijo prendado de la vida el invitado—. ¿Qué se le ha ocurrido a esa cabecita?

La Chiqui sin perder comba, seguía con sus apaños, deslizando fichas sobre el cristal a troche y moche. Así liquidó unas cuantas piezas más de sus contrincantes, poniendo a salvo su artillería. Y como allí no se enteraba nadie de nada, al lío también me hice yo unas composturas en mis piezas.

—¿Podrías llevarnos en tu furgoneta a Valencia, Celso? —pidió mi hermana con esa cara de Chiqui que tiene—. Los de mi panda TENEMOS que ir a conocer a Chester, *porfaporfa.*

—Ja, ja, ja —a Celso le dio tanta risa la propuesta que en vez de decir qué barbaridad, que era lo que yo esperaba que dijera, dijo—: ¿Y quién te ha dicho que yo tengo una furgoneta? Ja, ja, ja... ¿Oyes, Amelia, lo que se le ha ocurrido a la raspa de tu sobrina? ¡De viaje con la panda!

Mi tía Amelia, que volvía de refresco, como si aquello fuera lo más divertido que había oído nunca jamás en su vida, dijo:

—Ja, ja, ja. Oye, Celso, ¿y por qué no hacemos tú y yo una locura? Es verano. Podemos ajustarnos unos días de vacaciones, ¿no? De mi cuenta corre lo del alquiler de una furgoneta. Porque tú no tienes furgoneta, ¿no es eso?

Boquiabierto, dejé que la Chiqui se merendara sin rechistar mi ficha naranja recién sacada del casillero con la dificultad de un exacto cinco. Se la merecía.

—¡Guapo, Celso! ¡Guapa mi tía! —gritaba y palmeaba la marrullera—. ¡Vámonos todos a Valencia a conocer a Chester!

—Diablo de chiquilla —dijo el buen amigo revolviéndole el flequillo mientras ella tiraba el dado, le salía un uno y se contaba cinco saltándose el puente de fichas de su madrina (las que las leyes del parchís le prohibían brincar).

Callé por el bien de la negociación, y por Chester.

—¿Conque a Valencia con los de la panda? —Celso hizo ese gesto que ya le conocía de mover un hombro hacia adelante, y dijo:

—Ea, veremos qué se puede hacer... Porque habrá que convencer a los padres para que os dejen ir a ese viaje..., ¿o qué?

Decir que seguimos jugando hasta que la Chiqui nos pulió a todos los garbanzos y los céntimos que nos quedaban, es una manera de hablar.

Lo importante es que en aquella partida se fraguó la visita. Un plan arrancado de los labios de dos que estaban ya en la mismísima luna de aquella ciudad, Valencia.

Perdida toda la munición a favor de la Chiqui, a ese hombre enamorado se le ocurrió una condición:

—¡Cambiadle por lo que valga el nombre a ese perro! O me negaré a ir en busca de un chucho que se llama como un paquete de tabaco, o como el protagonista de una película americana...

La Chiqui me miró y recogió el monto de su botín. Luego, sin despedirse ni decir ni mu, se marchó para mi casa.

¿Os imagináis adónde iba derecha derecha?

10
¿Nombres polisémicos? (Los cajones de la cabeza)

Ni por esas.

A la Chiqui en esta ocasión no se le vino a la cabeza ni un solo nombre. Se le cerraron todos los cajones. Digo eso por lo que mi padre cuenta de que nuestro cerebro se parece al mueble con cajones que él tiene en su Peluquería Rodríguez.

Ese mueble antiguo me gusta. Está lleno de muchos y pequeños compartimentos donde guarda el instrumental y los trastos que precisa para sus cortes y afeitados. Y es que la suya, aunque esté en el barrio de San Andrés, es una peluquería de caballeros buena donde las haya, eso dice mi madre, excepto cuando el local se le pone por montera y disparata porque mi padre no cierra así lo maten.

—Nunca se sabe quién puede venir; quién puede necesitar de un buen corte.

—Pues que esperen al lunes, ¿o qué?

El caso es que yo, en ocasiones, miro el armatoste de los cajones donde mi padre coloca sus cosas, y no puedo imaginar qué relación guarda con lo que tenemos en la cabeza. Solo lo entiende mi madre, que ahora le ha dado por decir lo de la tía Amelia.

—A mi hermanica se le ha abierto de golpe el compartimento del amor —dice.

Hay cosas curiosas, y esa es una de ellas. ¿Os imagináis a mi tía con un cajón abierto en el cerebro de donde le salen besos, cariños y afecto a borbotones? A mí, ¡qué quieres!, cuando la miro y lo pienso me da una risa…

Estábamos con ella el otro día, probando a hacer una lista de nombres sustitutos para Chester y, oye, de repente al imaginarme lo que ocurría debajo de sus rizos he empezado a reír que no podía parar. Se me ha mosqueado y todo.

—¡Pero qué le pasa a este! —ha dicho mirando a la Chiqui.

Yo ya me he puesto en orden, porque mi tía tiene más compartimentos y, cuando se le abre la garita de la fiereza, más vale poner pies en polvorosa. No era cuestión de explicarle que me la estaba imaginando con todos los cajones patas arriba.

—Es que, tía, se me ha ocurrido un nombre polisémico para Chester y me ha dado la risa. (Ni sé por qué he salido por esos cerros.)

—¿Polisémico? —ella ha puesto cara de póquer, porque, aunque esté viajada, en su época no existían esas palabras.

—Los nombres polisémicos son los que significan varias cosas —he repetido, sin confesar que en los días de la canícula eso nos lo explica el Quinta (quieras tú o no quieras que te lo explique).

Me ha mirado con asombro.

—Po-li-sé-mi-co…

—Fíjate, tía. Si digo «como como como porque como como como cuando como solo». ¿Lo ves? Polisemia pura.

Se ha quedado un rato mirándome raro y pensando. Luego se ha echado a reír, pelillos a la mar, con esa chispa que me recuerda tanto a la Chiqui.

—¡Ay, qué Javito! Ja, ja, ja.

Y como ya estaba metido en ese berenjenal, camino de la casa del Bolo me ha dado por pensar que a lo mejor también mi mejor amigo es polisémico de toda la vida, y él sin saberlo.

¿Que por qué lo digo?

Porque Ulises, que es el nombre de pila de mi amigo el Bolo, tiene mucha molla (como siempre le llamamos el Bolo se me olvidó decir su nombre verdadero). Y si no, a ver todo lo que eso significa:

• Ulises es un héroe griego protagonista de *La Odisea,* una novela aventurera.

• *Ulises* es una película.

• *Ulises* es una sonda espacial lanzada al espacio para estudiar el Sol.

• *Ulises 31* es una serie de dibujos animados japonesa.

En cualquier caso, aquí seguimos los que quedamos de la panda, a dos velas, sin dar con la tecla, igual que al principio, sin un nombre en condiciones para Chester.

Ciertamente a nadie le gusta ese nombre. Ni tampoco los que otros proponen. Cada uno se emperra en el suyo y luego nadie vota el de los demás.

Pepito. Mimo. Budy. Cacho. Roy. Trosky. Flufli. Milu. Bimbo. Chico. Rizos. Hope. Elfo. Fito. Pixie. Nemo. Zorba. Sparky.

Los más asiáticos, los de Li el chino, a la tía Amelia le parecieron muy poéticos: Xiao Wei (pequeña sonrisa), Bao Bei (tesoro), o Wang Zi (príncipe). Long me gusta a mí, porque significa *dragón*.

Pero no veo cómo nos vamos a poner de acuerdo.

—Habrá que buscarle un buen nombre —dijo Ulises—. Como el mío.

A Quintanilla le da rabia que el Bolo se dé aire, por eso salta como un muelle.

—¿Ah, sí? ¿Y qué tiene Ulises de especial, si puede saberse…?

Mira que le gusta provocarlo.

En esas, sin venir a cuento, me viene a la cabeza y me ronda un pensamiento: vivo rodeado de sinónimos y sinónimas, polisémicos y polisémicas; ¡la Chiqui misma! (¿Recordáis?, se llama Rebeca como una chaqueta, y como una película, y como un libro…)

Por cierto, a mi hermana es a la única que le encanta que el Bolo se raye y le cuente. Se queda hipnotizada la tía.

—Dime lo de cuando Ulises se entretiene con el gigante de un ojo… y con las sirenas…

—La de mi tatarabuelo es una larga historia —el Bolo se hace de rogar solo un instante—. Pero mejor empezamos por el principio…

Yo es que me voy. Y me iría, claro, pero ¿y la Chiqui? Porque me la tengo que llevar, y a Ulises todavía le falta construir el caballo, y superar mil peligros...

Por las prisas interrumpo.

—Su hijo Telémaco tuvo que ir a por Ulises porque Penélope, su mujer, estaba enfadada.

—No... Qué va. Ella esperaba a su marido teje tejiendo y...

Me la llevo.

(Es que a mi tía Amelia, me lo tiene dicho, no le gusta que le cuenten a la Chiqui que Penélope se quedó ahí haciendo tiempo y ganchillo como una pava.)

Bien. Al final resultó que entre todos teníamos una larga lista de nombres para mostrarle a Celso, pero ninguno definitivo.

¿Que no he contado lo de apadrinar a Chester? Será porque se me ha olvidado.

11
El don de la oportunidad (Ser padrinos)

A Chester lo apadrinaríamos.

Claro que no podríamos ir a Valencia a pasearlo cada fin de semana, pero así al menos nos asegurábamos su cuidado.

La idea, esta vez, no fue de la Chiqui.

—Celso, ¿por qué no apadrinamos a Chester? —dijo el Bolo.

Yo puse los ojos en blanco porque pensé que se le había ido la pinza, pero Celso dijo como si le hubieran dado en alguna diana invisible:

—¿Apadrinar? Hummmm. No es mala idea. Si no adoptas un animal por lo menos se puede apadrinar. Lo estudiaré…

—Ay, churri, es que estos hacen contigo lo

que quieren —protestó un poco la tía Amelia (ahora ella casi siempre lo llama *churri)*—. Y explícame bien qué es eso de apadrinar, que yo tengo alergia.

—Tú no te preocupes, alhaja, yo primero me informo bien.

Y como Celso es un hombre de palabra, al día siguiente nos llegó con todo lo relativo al apadrinamiento de perros. Cosa más fácil. ¡Solo había que rellenar un formulario!

«Apadrina un animal», decía el titular de los folletos que trajo Celso:

Sabemos que mucha gente no puede adoptar un animal por las atenciones que necesitan o por cualquier otra circunstancia. Apadrinar un animal significa entonces que te haces cargo de parte del gasto que ocasiona el animal en nuestra asociación y que puedes visitarlo si quieres o puedes ir los sábados, cuando estamos allí los voluntarios, para pasearlo y estar con él.

Rellena este impreso con tus datos e indica el nombre del animal que quieres apadrinar. Imprímelo y nos lo mandas por correo. Muchos animales están deseando que compartas con ellos tu cariño. ¿A qué esperas para dárselo?

(Ya veis qué finamente el prospecto callaba el hecho de que unos padres desconsiderados se negaran a tener perro en casa.) Menos mal que se había inventado lo de apadrinar... ¡A qué esperábamos!

Porque desde aquel primer encuentro con Chester en el autobús de Celso, LOS RESTOS que de mi panda quedamos en el barrio de San Andrés solo queríamos conocerlo *perronalmente* (diga el Quinta lo que diga, a mí me parece palabra adecuada, ¿es o no?). Debíamos ir, teníamos derecho, ¡íbamos a ser sus padrinos!

Por cierto, ¿sabríamos ser padrinos?

Era muy emocionante. Conocer a Chester, protegerlo, y estar al tanto de quién lo adoptaría. Sobre todo debía tratarse de gente muy buena, buenísima. Gente que lo quisiera mucho, porque el pobre perro había sufrido ya lo suyo.

Yo, en cuanto tuviera a Chester delante, le diría en la oreja que no pasara cuidado porque LOS RESTOS ya estábamos allí con él. Que aunque su experiencia en la vida hubiera sido horrorosa, nosotros conocemos personas inmejorables y no tenía que volver a pasarle ya, nunca jamás, nada malo.

Tenía pensado hablarle de toda la gente humana de mi barrio. De Osmand, que también sufrió lo suyo hasta llegar a España en patera con su hermano Hamed y ahora cuida de él porque en el viaje perdió las piernas. Le hablaré de los padres de Gao Li, que han pasado más penurias que el tal Ulises para venirse de la China y montar la tienda de «Frutos secos/Artículos de regalo». Y de Celso, que ahora se ha hecho novio de mi tía y se está tomando tantas molestias. Tendrá que saber que la tía Amelia es estupenda, y que si no fuera por lo de la alergia... Le pienso hablar de mis padres, de doña Carolina, mi maestra de Infantil, y de mi maestro y tutor don Daniel. Porque hay gente muy santa, unos benditos, para que se tranquilice y no vaya a creer que todo el mundo es como ese dueño pésimo que lo abandonó.

Tan apasionante todo y va Quintanilla y lo fastidia, que como se pasa el tiempo pegado a esa ventana al mundo que se llama Internet, quiere hacernos creer tonterías (a él no le ha dado clase mi maestro don Daniel y por eso se lo cree todo). El caso es que, en cuanto tuvo ocasión, se lo soltó, a bocajarro:

—Tú no puedes venir —dijo, de sopetón y sin venir a cuento.

Lo dijo, la verdad, muy feamente, señalándolo con el dedo. Con ese gesto se refería a nuestro amigo el chino. (Mira que yo siempre he creído que le tenía manía al Bolo y va a ser que le tiene manía a más gente.) Gao Li, Li para los amigos, que de por sí es callado, me pareció que se arrugaba y enmudecía más todavía, como a la espera de que le ampliara noticia de esa ordenanza. Pero antes de que yo me restableciera de la sorpresa saltó a la defensiva el Bolo, que tiene más sangre.

—¿Y eso, si puede saberse? —preguntó, sacando pecho por el amigo—. ¿Por qué no va a poder venir Li?

—Porque es chino —dijo, y Quintanilla nos miró a los dos antes de soltar la bomba—. ¡Y los chinos comen perros!

¿Cómorrrr?

—Perros y... —dudó un instante—, y me parece que también gatos y culebras.

—Anda ya, tío —rezongó el Bolo con la boca pequeña, sin argumentos frente a Superquintanilla. De todos modos, espetó—: ¡Serás chorra!

Pero la sangre había llegado al río.

—¡Aggggggggggggggg! ¡Qué assssco! —gritó la Chiqui fuera de sí.

—¿Qué dices? ¡Cómo van a comer perros los chinos! —giré un dedo en el lateral de mi frente. A veces Quintanilla como es de los mayores se crece mucho—. Si Gao Li quiere, se viene a Valencia. Lo ha dicho Celso, que va a pedir permiso a los padres. Y como manda Celso, a lo mejor le dejan venirse. ¿Verdad, Li?

Pero nuestro amigo Gao Li el chino no respondió.

El acusica entonces lo miró como el que sabe que tiene la sartén por el mango y le azuzó sarcástico, que significa que Quintanilla estaba venenoso.

—Di la verdad, Gao Li. Anda, dísela a todos.

A todos nos pareció más amarillo y pálido de lo habitual.

—Yo no… —inició una débil defensa.

—¿Lo veis? —se regodeó Quintanilla—.

No puede decir nada porque es cierto —y concluyó—: ¡Él no puede venir!

—Tú lo atosigas —escudé, aunque confieso que esperaba que el chino de un momento a otro lo pusiera en su sitio.

—¡Malvado Gao Li, ya no te quiero! —chilló la que faltaba—. BUAAAAAAA —qué perra cogió, que por si sí o por si no, la emprendió a patadas con él—. No te lo comas a Chester. NOOOO. BUAAAAAAA.

Todavía antes de salir corriendo, amenazó:

—¡Se lo voy a decir al señor Gao!

(Se refería al padre de nuestro amigo Li.)

—¿Ves lo que has conseguido con la tontería? —ante aquel chino descompuesto de color amonesté a Quintanilla, por primera vez en mi vida.

—Pasa de él —el Bolo cogió a Li por el hombro dando la espalda al de la truculenta noticia, y propuso—: Vente, jugaremos con mi videojuego, ¿eh?

—Vamos —me apunté, a sabiendas de que

el videojuego de las Navidades no lo saca el Bolo así como así.

Me dio disgusto dejar allí plantado a Quintanilla, con esa cara que pone que parece que ha pisado una mierda, pero se había portado requetemal con nuestro amigo Li, y no quedaba otra. ¿Le estaría afectando al coco su ordenador?

Se quedó allí solo, clavado, mirando cómo nos alejábamos, y a nuestras espaldas mascullό:

—Es lo que digo, sois unos críos.

¡Qué palo! Porque, aunque a veces se ponga muy chorra, me dolía abandonarlo.

—Sepas que Li se viene a Valencia —remachó Ulises.

Solo entonces el contrito asiático añadió:

—Si me dejan...

Pasamos el resto de la tarde en casa del Bolo jugando con su supervideojuego, y aunque nadie dijo ni mu ni se refirió a lo que a todos nos rondaba por la cabeza, Li el chino no aprovechó que se encontraba entre amigos fieles para defenderse de la acusación ni aclarar la ofensa.

Por eso, más tarde, cuando Gao Li se marchó a su casa, el Bolo y yo nos quedamos un rato remoloneando antes de recogernos.

—¿Será verdad lo que ha dicho el Quinta? —dijo el Bolo mirándome inquieto.

—No sé —dije—. Pero ¡a mi plim!

Porque aunque yo admiraba la sabiduría de Agustín Quintanilla, en esta ocasión, no había tenido el don de la oportunidad.

Tan contentos que estábamos todos con el apadrinamiento de Chester, planeando el viaje a Valencia, y... ¡Mecachis!

Gao Li era amigo, más allá del bien y del mal. Los que lo conocíamos sabíamos de su buen talante, de su infinita paciencia y de su generosidad tanto con los frutos secos como con los regates de fútbol. (¿Que no os he hablado de los regates de Li? Será porque se me olvidó.)

Mala sombra había tenido lo del Quinta.

—¿Qué narices le pasa a tu hermana con tanto llanto? —preguntó la tía Amelia cuando me di de bruces con ella—. ¿Qué le has hecho?

Ya estamos.

12
Tener conocimiento (Soy donde estoy)

Mi madre lo dice siempre.

—¡Qué poco conocimiento!

Y es verdad. Hay que tener conocimiento. Porque si no tienes conocimiento, pasa que no tienes buen juicio, ni luces que te iluminen los asuntos de la vida.

—Anda, calla, y no disparates —dijo mi madre ante las quejas que entre hipo e hipo la Chiqui daba del amigo Li.

Menos mal que estaba allí mi tía Amelia. Ella está al tanto de las cosas porque «viajar enseña y da mucho mundo».

—Pero qué bruticos sois —dijo—. Lo que se come tiene que ver con las costumbres de cada lugar. Y la China es un país con una cultura muy antigua y diferente a la nuestra. ¿O no os habéis fijado?

Ante la sapiencia de la tía Amelia siempre me he rendido, pero esta vez estuvo fantástica. ¿Habría estado ella trabajando en la China y yo lo ignoraba?

—¿Pero los chinos comen perro? —la Chiqui, con cara de vómito, quería ir al grano—. ¿Sí, o no se los comen?

—No, *m'hija,* porque existen normas universales que no... No digo yo que en tiempos... Pero debéis saber que lo que comemos depende de las costumbres de cada lugar... —y añadió—. Por ejemplo, los americanos no comen conejo. ¿Ves, Rebeca?, tanto que te gusta a ti ese animalejo.

—¡Anda! —ahora se extrañó mi madre—. ¿Y eso por qué?

—Pues porque allí el conejo es un animal de compañía... Así que ya sabéis... Para unos es bárbaro comer conejo, para otros merendarse a los caracoles es sucio.

Para otros las gambas son tan asquerosas que..., ¡puag! Ah, y nosotros nos comemos las vísceras, el corazón y todo eso... Son costumbres.

Menuda suerte que no se quedara a vivir en Francia mi tía. Ella nos explicó que, aunque por el mundo existan otras usanzas y se tomen alimentos que no se encuentran en el Mercado de San Andrés ni en el Sangüi, debíamos aprender a ser respetuosos con los demás. Siempre.

—En cuanto vemos algo diferente ya estamos en guardia —protestó—. Eso es de mentes estrechas y cortas.

¡Qué te parece! Anda que no es lista mi tía. Claro que ella es muy cocinillas, que hasta tiene un libro de guisos asiáticos.

—Además, que sepáis que en la China tener un perro es una cosa muy cara, chocante y exótica.

Mira tú.

De todos modos, fue nombrar la palabra

perro, y la Chiqui, que seguramente estaría ya cansada, se echó a llorar como una magdalena y más y peor, como si la mataran, los pulmones a tope, hasta que mi madre se hartó de aquel desbarajuste emocional y dijo la frase:

—La Chiqui tiene sueño. A la cama, ea, a dormir.

Menos mal.

Antes de marcharse la tía Amelia nos lo recomendó:

—Decidle a Celso que os cuente lo de ese primo suyo que trabaja en Barcelona en un restaurante exótico…

Ahora me doy cuenta de lo importante que es saber las cosas. Como dice mi padre: «qué mala es la ignorancia».

Y se me habrá olvidado decirlo, pero todo este asunto de mi amigo Li me hizo recordar lo que había visto en aquella visita que hicimos con el colegio al Museo de la Ciencia.

Nos llevó mi tutor, don Daniel, a ver la exposición de Darwin.

A él le chifla ese Darwin, «un Ulises de la vida», llama el Bolo a ese coleccionista de la naturaleza que en tiempos se fue de viaje por esos mundos en un barco, el *Beagle,* y observando observando se dio cuenta de que los animales cambiaban según el país y lugar donde estuvieran.

Así escribió el científico Darwin de cómo evolucionan las especies y se acomodan al lugar donde viven. Él lo vio claro con los pájaros pinzones que según en qué isla los encontraba tenían el pico distinto, picudo o redondeado, según hubiera granos o gusanos para comer.

¿A cuento de qué cuento lo de Darwin? (Fíjate en esa polisemia, je.)

Sencillo. Es que en esa exposición leí un letrero que lo decía: SOY DONDE ESTOY. ¿Lo pillas? Parece que los animales y, al final, también la gente, se adaptan a lo que hay, así seguro que mi amigo Li en su Murcia de acogida ahora está adaptándose a comer las paellas de verduras de la huerta.

Gracias, Darwin.

Ah, por supuesto tiempo nos faltó para preguntarle a Celso por su primo el que trabaja en Barcelona en un restaurante. Se divirtió de lo lindo de ver las caras que poníamos. Todos. Sí, porque Quintanilla también.

Resulta que Celso tiene un primo que es cocinero, restaurador y exótico, todo junto, y cuenta que la gente se da de tortas por probar los platos que se preparan de países como la China, Japón, Tailandia, Vietnam, Venezuela o México... Y ¿sabéis lo que allí se cocina?

—Gusanos al queso, o a la barbacoa. Grillos al curry, escorpiones a la brasa, ovario de cangrejo, hormigas con piruletas... —ríe Celso—. ¡Lo que os digo! Ah, y las flores son última moda en la alta cocina: pensamientos, orquídeas, gladiolos, caléndulas, rosas, violetas... ¿No es sorprendente?

—¡Flores! —se asombró tanto mi madre—. Eso me parece bien.

—Hay que ser considerado con las costumbres de los demás, ¿eh, Agustín? —dijo Celso palmeándole el pescuezo a Quintanilla, y añadió—: Que los únicos bichos que hay no son los que corren por los rincones...

Por si se me olvidó decirlo, lo digo ahora: a mí cada vez me cae mejor este Celso. Mola mogollón. Me recuerda por un lado a mi amigo Li el chino, que habla poco pero da en la diana, y por otro a mi maestro don Daniel, por una cosa que repite siempre.

—No os fiéis de todo lo que veáis en Internet. Cualquiera puede colgar ahí su opinión, o una noticia mal intencionada... Hay que aprender a usar el sentido común y, sobre todo, a ser amplios de miras.

Amplios de miras. Mira tú por dónde esa frase que yo no entendía...

Pues eso.

Lo ha dicho Celso, su primo, mi tía Amelia, y hasta el mismísimo Darwin, y algunos para mí que todavía no se enteran.

—¿Cómo podrá comer la gente insectos? —ha refunfuñado el Quinta sin dar su brazo a torcer—. Qué asco...

No creo que vuelva a ocurrir, pero si Quintanilla insiste en meterse con Li el chino, le diré una frase de las que a él le gustan. Esto le diría:

—A otro perro con ese hueso —una frase-trampa que nada tiene que ver con perros ni huesos y que significa que no me venga con cuentos chinos.

13
Listas listas (Y tonterías)

A mi Chiqui se lo puse claro, o se dejaba de tonterías y se disculpaba con Gao Li, o no iba a ser yo el que la ayudara a liar los bártulos del viaje porque, ¡tachán tachán!, por fin, gracias a Celso y a mi tía Amelia, nos vamos…

—¿Has preparado tu mochila?

Estuvimos muy ocupados con todos los preparativos, además de hacer la lista de cosas guays de la China, Senegal y Villena (luego os explico de qué va eso). Al tiempo, la delegación formada por los novios recién estrenados, tía Amelia y Celso, con santa paciencia pedía permiso a los familiares para que nos dejaran ir de *camping* a Valencia. (Chulísimos los folletos del sitio que encontraron para alojarnos.) Por cierto, la de comentarios y miradas desconfiadas que tuvo que aguantar la pareja.

—¿Y vais a marcharos con cinco zagales solo para conocer a un perro?

(¡Qué pasa!)

—Eso es. Pero usted no se preocupe por nada que nosotros nos ocupamos. Ya hemos reservado plazas en el *camping*, y nos esperan en la asociación y…

—Estáis locos —decían los unos.

—Es que los chicos quieren apadrinar a un perro que abandonaron y…

—Sois peor vosotros que los chiquillos —faltaban los otros.

—¿A quién se le ocurre marcharse por ahí con estas cinco piezas?

(A nosotros. ¿Pasa algo?)

—No sabéis dónde os metéis —(¡Ni que fuésemos la guerra!)—. Pueden enfermar, o podéis tener un accidente… —decían los agoreros.

Con esos y otros sombríos pronósticos tuvieron que bregar mi tía y su novio.

Yo, preocupado, porque me decía: «ya verás, se arrepienten y no nos llevan». Menos mal que Celso se había enamorado tan oportunamente de la tía Amelia y no se desanimó ni desfalleció en ningún momento. Lo mismo que mi tía, que siempre ha sido complaciente y tal, pero es que ahora está flan flanín.

¿He dicho ya que Gao Li, mi amigo el chino, no vino?

No sé si fue porque no le dejaron, o porque él no quiso venir. Y como me conozco el percal aunque no lo comprenda todo, digo yo que tendrá sus razones. Lo que sé es que en esos momentos, si me dan a elegir entre él o Quintanilla, me quedo con Li, que es lo mejor de lo mejor de la China. ¡Lo bien que hace el regate a lo Messi!

Por cierto, que escribió un mensaje para Chester con un proverbio secreto que yo debía entregarle al llegar. ¿Que qué decía? Aaaah...

Por mi parte, era la primera vez que iba a dormir en un *camping* y los nervios me podían. Qué decir de mi Chiqui, que no paraba quieta: que si la linterna, que si la cantimplora... La lista se la pasé a limpio más de mil veces.

Claro que también elaboramos aquellas otras listas más listas.

Os explico.

Se le ocurrió a Osmand, que, como a su tienda no va nadie, tiene más tiempo para pensar que la Chiqui en su silla.

—¿Por qué no escribir lista de mucho bueno que tiene la China? Regalo para Gao Li, le gustará regalo de amigos.

(Por lo del disgusto del otro día, y para que no esté triste si no viene a Valencia.)

Osmand lo dijo precisamente mirando a Quintanilla, pero el muy pelota salió con que mejor él haría la lista de cosas estupendas que tiene Senegal, porque Osmand se lo merecía.

Y porque la Chiqui siempre está con el tole tole de que en septiembre se irá con doña Angustias la del Multiprecio a las fiestas de Moros y Cristianos de Villena (bonita ciudad de Alicante), se empeñó ella en escribir una lista de las mejores cosas de Villena.

Por lo demás, entre la lista de lo que no debía faltar en nuestras mochilas, el inventario de nombres para Chester, y ese otro listado de cosas guays de lugares como la China, Senegal o Villena, apenas nos quedó tiempo de salir los domingos en autobús. (Eso que queríamos volver a La Alberca, que tiene monte para hacer senderismo y la habíamos elegido Miss Pedanía).

Con todo y eso, el Bolo y yo nos empleamos a fondo en confeccionar una listarregalo a nuestro amigo Li.

Mirad algunas cosas buenas de las que tiene la China capuchina:

Confucio. Un sabio chino que dijo eso de «No hagas a otro lo que no querrías que te hicieran a ti». El Tai-Chi. Un arte marcial que te ayuda a poner la mente serena. (Le vendría bien a la Chiqui como complemento de su silla.) Las Fiestas del Año Nuevo chino, que son en febrero, mira tú. El kimono. Un tradicional vestido igual para los hombres, las mujeres, y los niños. El Yin y el Yang. Dos fuerzas diferentes pero complementarias de todo lo que existe en el universo, como el reposo y el movimiento. Las delicias chinas. Para chuparse los dedos. La caligrafía china. Esa forma de escribir que parece música.

(A Xiu Xiu, la chica amarilla, no la puse, pero bien que lo pensé. Ayayay, ya os contaré.)

Bueno. Qué cara de chino feliz se le puso a nuestro amigo Li cuando le dimos la lista, que no se le veían los ojos.

Por lo demás, el Bolo y yo les hemos prometido a Osmand y a Hamed escribirles las cosas flipantes del Senegal en cuanto podamos. Porque lo que hizo Quintanilla fue ir a Internet y recortó y pegó.

La República de Senegal es un país al sur del río Senegal en el África occidental. Senegal limita al oeste con el océano Atlántico, con Mauritania hacia el norte, con Mali hacia el este y con Guinea y Guinea-Bissau al sur.

Parecía la clase de Conocimiento del Medio.

Y no. Solo hay que escuchar a Osmand y a Hamed lo que cuentan de los mandingas, de los esclavos, de los separatistas del sur en la Casamance (donde nacieron estos hermanos), sin hablar de la arena del Sahel, el paisaje de la sabana de acacias, Dakar, Cabo Verde, o sus reservas y parques naturales...

Hasta la lista que confeccionó la Chiqui

con ayuda de doña Angustias estaba mejor elaborada que la de Quintanilla. A ver si no.

Cosas estupendas de Villena:

Las fiestas de Moros y Cristianos de Villena. Las manzanas de Villena. El embutido de Villena. La explanada del santuario de la Virgen de las Virtudes. Las toñas (unas tortas amasadas con aceite y miel). Los gazpachos. Doña Angustias la del Multiprecio. ¡¡Viva Villena!!

(¡¡Viva!!)

14
Benidorm, Benidorm (El mundo es ancho y dorado)

Salimos de Murcia camino de Valencia a las tantas, cuando mi tía Amelia acabó su turno en el Sangüi a las tres de la tarde. Y no era obligatoria parada, pero como ella dijo que le hacía tanta ilusión dar una vuelta por Benidorm...

—Ni media palabra más, alhaja —dijo rumboso Celso.

Una visita memorable; no creo que la olvide nunca jamás.

Y porque ya nos informó el Quinta de que Benidorm es una ciudad famosa y turística por sus playas y su vida nocturna, nosotros apoyamos el entusiasmo de la tía Amelia.

—¡Queremos parar en Benidorm! ¡Queremos parar en Benidorm! ¡Queremos parar...!

Claro que Celso se habría desviado a la luna si su querida copiloto se lo pide. Con decir que para esas fechas Celso ya era churri de día y churri de noche, y mi tía, la alhaja Amelia... Tanto amor.

¿Que cómo es Benidorm? Eso hay que verlo con los ojos propios de cada uno.

Celso puso la directa a lo largo de toda la playa de Levante, y después nos llevó a la de Poniente. Qué playas de arena dorada tan bonitas... ¡Y el gentío extranjero que hay en Benidorm!

—Cogeos de la mano, no os vayáis a perder —decía la tía Amelia mientras nos controlaba a los tres y estrujaba la mano de la Chiqui.

—Eso es —decía Celso satisfecho con la reata—. No os perdáis, que no sabemos hablar inglés.

Todo lo que mis ojos vieron en Benidorm

yo no lo voy a poder explicar nunca, porque eso es algo que guardo en lo profundo de mi corazón. Lo que sí puedo asegurar es que tardamos kilo y medio en encontrar un sitio donde asentar nuestras posaderas para la merienda-cena. La tía Amelia prefería un sitio *glamouroso* frente al mar (es que ella estuvo viviendo en Francia mucho tiempo), pero donde nos dejaran sacar los bocadillos de sobrasada de mi madre.

—Un sitio bien —le insistía a Celso—, nada de pijadas para turistas, que nosotros somos producto nacional.

Finalmente mi tío Celso (ya casi que puedo llamarlo así) fue a dar con el Rincón Murciano, un bar restaurante que era como si no nos hubiéramos movido del barrio, con su pisto, su zarangollo, sus morcillas… Porque dijo Celso:

—Ya te traeré yo a ti a Benidorm sin los críos, alhaja, y vas a ver sitios con *glamour.*

Y mi tía, que no es remilgada y se aviene, dijo que vale.

—Vale —dijo ella conformándose.

Yo tengo en la retina aquel momento mágico en que mis ojos contemplaron esa playa de arena delante de mis narices. Con sus guiris color gambarroja paseando por el paseo tan a gusto, con ese olor a vacación que tiene el protector 50 que nos pone mi madre a la Chiqui y a mí cuando nos metemos en la balsa. Y las señoras doradas con sus minifaldas de tigre, y la de jóvenes que te paran tan simpáticamente para regalarte papeletas y que vayas a bailar. Sin contar el espectáculo de las estatuas humanas, quietas ahí para que les eches una moneda, y solo entonces se mueven, o esos castillos de arena monumentales. Era muy mágico. Pero lo más precioso que conservo en mi memoria es el atardecer que todo lo envolvía mientras la luna asomaba redonda como un queso por la izquierda. Qué cielo azul disparatado de colores naranjas, amarillos, rojos... En mi vida podré olvidarlo. Ni comerme la sobrasada, de la impresión. Ni probar el mojete con huevo y atún que pidió Churri para compartir, ni uno solo de los chipirones, que me encantan, nada de nada. Se me pilló la emoción al estómago, y si no llega a ser por el cante que dan las lágrimas y porque el Bolo dice siempre que soy más cursi que un repollo con lazo, hubiera llorado a moco tendido (olvidé decir que soy un poco Blandiblub y muy del sentimiento).

Un bellezón y tal primor en el ambiente y, mira tú por dónde, a punto estuvo de convertirse todo en el día más asqueroso de nuestras vidas..., por culpa de la Chiqui. ¿He dicho ya que la Chiqui se perdió en Benidorm?

15
La perdición de la Chiqui
(Jerigonzas)

Si me dicen que se pierde la Chiqui y yo me iba a poner como me puse, no me lo creo. Que no. Hubiera dicho que era una invención de la mente, un imposible que no podía ser.

Porque no sé si he dicho ya o se me habrá olvidado decirlo, pero es que la Chiqui para mí no es una hermana, ella es mi pesadilla, mi opresión y mi condena, mi cruz, mi reflejo, mi dicotiledónea (vale, sí, esa palabra es del Quinta). Porque ella quiere hacer siempre lo que yo hago, lo mismo que yo, no se me separa ni para mear… Excepto cuando no debe.

Yo es que ni me enteré, ya te digo, yo a

lo mío, más colgado que un llavín, flipando con todo, que nunca jamás en mi vida había visto una cosa como este Benidorm, cuando de pronto va mi tía y dice:

—Nene —me llama—. ¿Dónde está la Chiqui?

De primeras solo me encogí de hombros y le pegué un mordisco al bocadillo, que parecía que me había crecido, sin caer en la gravedad del asunto.

—Ulises, hijo, ¿dónde está la Chiqui? —preguntó mi tía levantándose hasta donde el Bolo y Quintanilla seguían una partida en las máquinas—. ¿La has visto tú, Agustín? —le indagó a Quintanilla (porque ya sabéis que Agustín es el verdadero nombre de Quintanilla).

Y Ulises y Agustín que no, dijeron sin dejar de mirar a la máquina.

Entonces volvió Celso, que habría ido a orinar, y viendo que la Chiqui no estaba tampoco con él, mi tía se dirigió hacia donde estaba yo *alelao* contemplando la vida, y va y dice la responsable, un poco histérica ya:

—¡Pero queréis ayudarme a buscar a la Chiqui, que no la veo!

Celso se puso las pilas y saltó como un rayo tirando la Coca-Cola que la Chiqui había abandonado en la mesa. Y ahí es donde yo espabilo y me mosqueo, porque si la Chiqui se ha dejado olvidada su Coca-Cola el tema es más serio de lo que parece. Ella solo nos abandonaría a mí y a una Coca-Cola por causa de fuerza mayor. ¿Fuerza mayor?

—¡La han raptado! —grité alarmado, dejando a un lado toda delicia y contemplación.

¿La habían raptado? Definitivamente. No podía ser de otra manera.

La evidencia de que a mi hermana la había robado alguien, en vez de darme una alegría loca, o alas para salir en su busca, qué cosas, me paralizó las piernas, y solo pude mirar a mi alrededor con desvarío, derrumbado ante el hecho cierto de su desaparición, sin atender a la patrulla de búsqueda que Celso había organizado en un plis-plas distribuyéndonos a todos a derecha e izquierda.

Si pienso en aquellos terribles momentos, creo que lo que sucedió es que yo sentí en mi interior el convencimiento de haber perdido a la Chiqui para siempre, y entonces me asaltó la mala conciencia, el remordimiento de haber sido toda la vida un hermano malasombra y renegón; por no decir que me reproché infinito no hablar el idioma extranjero por la culpa de no querer ir a la clase de actividades extraescolares. Ahora, en la jungla humana de Benidorm donde hordas de personas salen a darse una vuelta por el paseo a la misma hora, en medio de aquel galimatías, nadie podía ayudarme a encontrar a mi Chiqui.

Se me puso un nudo doble en la garganta que hacía daño y, sin importarme el qué dirán de los hombres que lloran, lloré, lloré

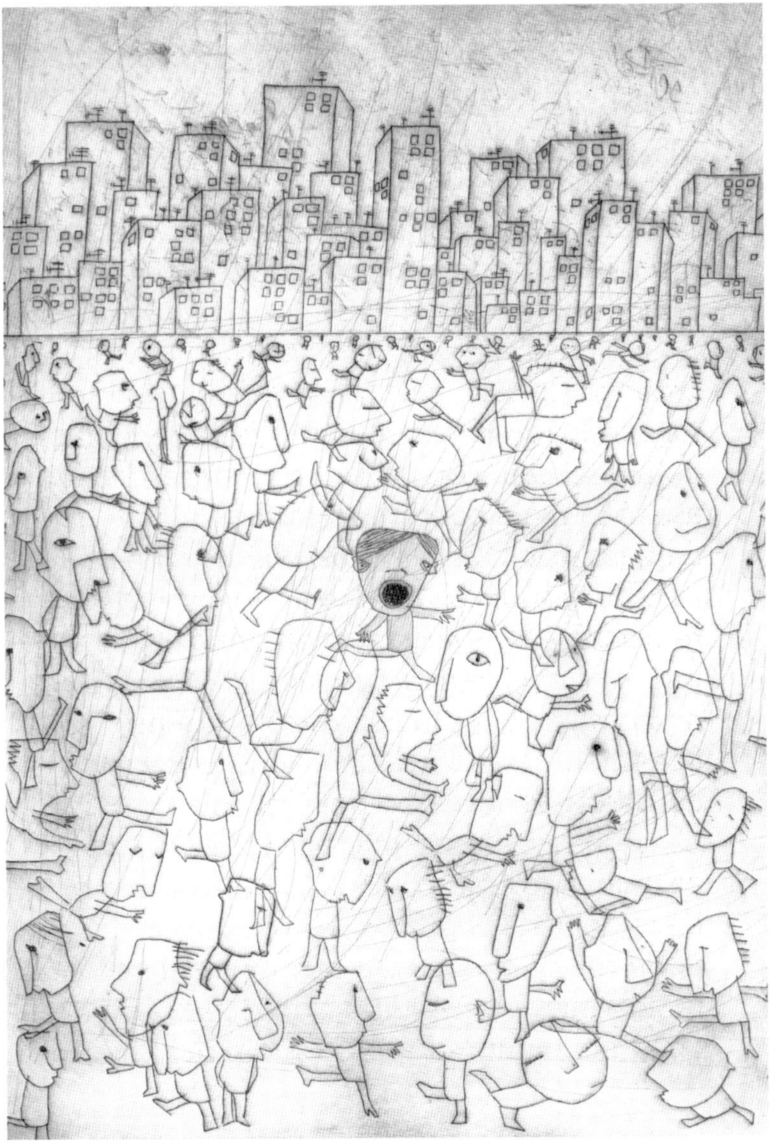

y lloré, como una Magdalena. Qué terrible pérdida. Qué desgracia tan grande, madre mía. A punto de que me diera un patatús, agarré por el mandil al camarero que pasaba a mi lado con su cargamento de vasos y sangría.

—*Plis, ¿polisman?* —pregunté, demudado, al cachas rubio del Mesón Murciano que nos había servido los chipirones.

La policía. ¡Tenía que intervenir la policía!

—Mi hermana, ¡RAP-TA-DA!, pri-sio-nera —expliqué—. Ella pequeña, indefensa... Urgente, *plis, ¿polisman?*

Calculaba que, aunque el mesonero no entendiera la jerigonza, hallaría el espanto dibujado en mi cara. Pero el muy chorra solo aguardó a que mis nervios no le tiraran la bandeja, impávido, sin apiadarse.

—¿Una cría pequeña? —dijo desasiéndose de los brazos que atenazaban la pata derecha de su pantalón—. Quita, chico.

De momento, él mismo me pareció sospechoso. No me gustó un pelo que no le conmovieran mis palabras.

—¿Has mirado en la playa? —dijo señalando la infinitud donde la arena se junta con el horizonte rojizo que tanto me había embelesado.

La playa.

Guiñé los ojos hacia aquel mar de arena, y aunque no alcancé a ver nada (olvidé decir que últimamente de lejos no veo bien y no quiero decírselo a mi madre para que no me ponga gafas como los empollones), un mundo de posibilidades se abrió ante mí.

Por fin, ¡mis pies me obedecían! Avancé hasta el muro que separa el paseo de la playa y encaramado en el poyete, allí mismo, al otro lado y de pura chiripa los vi, gracias a Dios, ¡estaban todos en la arena con la Chiqui!

Y porque la perdición de la Chiqui son los animales, me consta que mi hermana estaba tan contenta jugando con un perro. Alrededor de ella, mi tía, Celso, el Bolo, el Quinta. Todos celebrándola. ¡Qué gozo grande!

La tía Amelia, abrazada con fuerza a la Chiqui, exclamaba de cuando en cuando:

—¡Hija de mi sangre! ¡Hija de mi sangre!

Y porque nadie sabía de mis momentos trágicos y lo que yo había pasado, como si a mí todo me importara un rábano, alguien dijo:

—¿Pero de dónde sales tú? ¡No sabes que se había perdido tu hermana!

Estoy harto. Pero del asunto en cuestión me quedan varias cosas claras.

Primero. En cuanto vuelva tengo que decirle a mi madre que me lleve al oculista de los ojos. Segundo. Este curso me pongo las pilas y me curro las clases de inglés de la señorita Pilar. Tercero. Algún día vendré a Benidorm con Xiu Xiu, la chica amarilla.

Pero, sobre todo, se me quedó rondando por la cabeza una duda.

¿En verdad quería yo tanto a la Chiqui? ¿Se me había abierto ese compartimento en la cabeza de quererla?

Vivir para ver.

16
El ángel de Chester
(Cristina)

Cada vez que le preguntábamos a Celso de dónde había sacado la información sobre Chester, solía hacerse el interesante y decía:

—Aaaaaah. Por aquí y por allá, leyendo, poniendo atención, abriendo los ojos, preguntando. Uno tiene sus fuentes.

Lo que sé es que las suyas no eran fuentes de las que echan agua. Y nadie sabe dónde consigue Celso sus averiguaciones, pero me da a mí en la nariz que quería demostrar a Quintanilla que todo no está en creer lo que pone el Internet que él tiene en su casa y adora por sobre todas las cosas. Creo yo, y algún día os lo aclararé si consigo esa pesquisa, que Celso usa métodos más tradicionales. Por ejemplo, enviar al compañero que hace la ruta Murcia-Valencia a preguntar directamente en la Asociación Protectora de Amigos de los Animales...

El caso es que Celso, un día, apareció con Cristina.

Bueno, no es que apareciera exactamente con ella en vivo y en directo. Lo que ocurrió es que nos habló de ella, de la existencia de Cristina y hasta nos consiguió su teléfono.

¿Que quién es Cristina?

¡La primera persona que atendió en la Asociación Protectora de Animales a Chester malherido!

Resulta que los guardias civiles del Seprona de Valencia fueron los que llevaron a Chester moribundo hasta la perrera. Menos mal que allí lo recogió Cristina, de la asociación. Ella fue la que de inmediato lo trasladó a una clínica veterinaria al observar la gravedad de sus heridas.

Y menos mal que Chester llegó a sus manos, un ángel como ella, porque resulta que es la persona autorizada de la asociación para hacerse cargo de los animales que más han sufrido, o los que tienen peor pronóstico a la hora de ser curados e incluso adoptados.

Y no es este el momento de hablar de la impresión que me han causado a mí los *campings* en general, porque solo conozco el de Valencia, que fue en el que nos alojamos, ahora bien, como todos sean de chulos como este, con sus caravanas, sus duchas y su *camping* gas, para mí, de mayor, se acabó lo de vivir en una casa.

Lo que os vengo a decir es que el viaje resultó de lo más interesante, porque viajar, creo que ya lo he dicho, da mucho mundo. Sobre todo si pasas por sitios alucinantes como Benidorm, o duermes en un *camping* que es el no va más.

Y lo mejor de lo mejor: que por fin conocimos a Chester. (Y a Cristina.)

Chester no es como nos lo imaginábamos. Qué va. Chester es muchísimo mejor que en la fotografía del periódico. Es un perro guapo guapo, y simpático a rabiar.

¿Os vais a reír si os digo que nos reconoció?

Yo creo que sí. Que él sabía que habíamos ido hasta allí solo por él, y que aunque no pudiéramos adoptarlo, lo queremos para siempre jamás.

Le puse bajo su lecho la notita de Li, y le expliqué que era uno de mi panda, que es como un hermano para mí, pero que no ha podido venir porque es chino.

Cristina, su cuidadora, nos puso al corriente de todas y cada una de las preguntas que le hicimos. Y vaya si le hicimos. Qué suerte que Chester cayera en sus manos.

—Os lo cuento ahora que ya ha pasado —dijo Cristina—, pero cuando lo recogí, su estado era crítico. Había perdido tejido subcutáneo, muscular y tenía rotura de huesos, además del trauma que veis en la oreja...

Pobre. Todos pusimos cara de dolor agudo.

—Qué malnacidos —exclamó Celso.

—¡Ayyyyyyys! —gritó la Chiqui.

—No te apures —Cristina la atrajo hacia sí, dándole consuelo—. Ahora ya está bien.

—¿Le duele algo? —Quintanilla acarició la cabeza del perro, y Chester lamió su mano.

—Cada vez está mejor. Es asombroso cómo se ha recuperado —dijo tranquilizándonos—. Chester empezó a evolucionar favorablemente casi de inmediato. Todavía le hacemos curas húmedas para regenerar la piel, y ya va recobrando movilidad en sus patas.

—¿Y el oído? —se interesó el Bolo por los vendajes.

—El conducto auditivo va poco a poco. Parece que oye mejor.

—¿Cuánto tiempo lleva así?

—Pues... Estuvo ingresado en la clínica más de seis meses.

—¿Y ahora qué va a pasar?

—De momento ya le han estabilizado. Estábamos pendientes de vuestro apadrinamiento, y de las solicitudes de adopción que nos van llegando…

La Chiqui, a esas alturas, tenía los ojos más que encharcados, pero nuestra nueva amiga, el ángel de Chester, no la dejó romper a llorar, entreteniéndola.

—¿Lo quieres mucho, verdad?

Mi hermana cabeceó, apenada.

—Pues todavía no sabes lo agradecido que es —dijo, y al hacerlo se dirigió a los dos adultos—. Es increíble lo afable que Chester se muestra con los humanos.

—¡Después de lo que le han hecho!—se afligió la tía Amelia.

—¿Se sabe algo de la persona, o personas, por llamarlas de alguna manera, que le lastimaron? —Celso parecía verdaderamente indignado.

—¡Qué va! —dijo Cristina—. Y eso me

da mucha rabia porque merecen un castigo. Alguien capaz de hacer esto es capaz de cualquier fechoría, ¿no os parece?

Todos estábamos de acuerdo.

—Lo curioso de este caso es que cuando lo recogí, Chester tenía el pelo cortado de peluquería, por lo que lo primero que pensé es que alguien debía de haberlo robado.

(¿Os acordáis del diagnóstico que hizo mi padre? Qué listo el tío.)

—Podríamos investigarlo y llegar al meollo —dijo Celso—. Habría que recorrerse las principales peluquerías, preguntar y...

Cristina continuó.

—Lo hice. Anduve por todas las peluquerías de Valencia y pueblos de alrededores, tan indignada estaba... Pensaba que al menos el que le atendió tendría que acordarse de un perrito con el corte tan cuidado, pero no hubo suerte. De todos modos yo tengo mi teoría... —apuntó Cristina con secreto.

—Pero... —la tía Amelia interrumpió a

la joven—: Esto no debería quedar así. Algo habrá que hacer…

Cristina, sin perder de vista a Chester, nos contemplaba con enorme simpatía.

—Os aseguro que se hizo todo cuanto estuvo en manos de la asociación, y más —añadió—. Yo me lo tomé como un asunto personal, por eso le hice fotos y pegué carteles preguntando por sus dueños, su procedencia… ¡Su caso salió hasta en la tele!

—Nosotros lo vimos a toda página en el periódico —recordó el Bolo.

La joven continuó.

—Tengo la convicción de que si hubiera sido un perro perdido o robado, los dueños se hubieran puesto en contacto con nosotros. Pero no fue así.

—¿Entonces? —pregunté, confundido.

—Ya os digo, tengo una teoría, aunque no me gusta nada.

—¿Qué teoría? —a Quintanilla se le veía muy interesado.

—Estoy convencida de que ha sido cosa de su dueño. Lo abandonó en plena autovía, cerca de Valencia.

Todos enmudecimos, pasmados ante tal posibilidad.

—Por desgracia este perro (como la mayoría de los que se abandonan) no tenía chip identificador, así que ya veis, no hay culpables para este delito de maltrato.

La Chiqui hipó intentando tragarse la pena.

—Pero él está bien ya, ¿no? —lo examinaba sin dejar las caricias.

—Perfectamente, ya lo ves. Solo que a partir de ahora tendrá que usar protector solar por la pérdida de tejido —explicó Cristina—. Por lo demás dentro de poco estará corriendo y brincando.

No quería ni decirlo porque no quería pensarlo, pero al final, me lancé.

—¿Y quién lo va a adoptar?

—Hay mucha gente interesada en él. Chester es ahora un perro muy famoso. Estudiaremos bien todas las peticiones, porque os digo, me lo tomo como si fuera mío.

¿Lo he dicho? Un ángel esta Cristina.

17
Barullos y algarabías. (La contentura)

Resultó que Chester no le daba alergia a la tía. ¡Mira tú qué cosa!

Desde que llegamos a Valencia y entramos a conocer a Chester en la Asociación Protectora de Amigos de los Animales, la tía Amelia, ni un estornudo, ni un quejarse, ni un picor. Nada de nada. Solo la pena que le daba ver al animalico. ¡Ella!, que cuando la Chiqui o yo le venimos con asuntos del estilo, siempre lo dice:

—Facturadme rápido a ese bicho de aquí, que mira cómo me pongo. ¡ATCHÍS! ¡ATCHÍS!

Pues esta vez, nada.

La que se dio cuenta de ese detalle fue mi Chiqui.

—¿No lo ves, madrina? Chester es tan bueno que no te da el trastorno.

—Es cierto, tía —dije yo supercontento, porque tampoco era el caso que ya que se había tomado tantas molestias para traernos se pusiera mala—. ¡No te ha dado alergia! Ni un estornudo desde que estamos con Chester.

—Cómo le va a causar picores este perro, ¿eh, alhaja? —dijo Celso señalándolo—. ¿No lo ves, Amelia? Si es una criatura.

—Anda, sí, tú dales cuerda —dijo riéndose la tía.

Y no sé por qué lo llamó alma de cántaro.

El caso es que a continuación Celso se llevó a mi tía Amelia a un rincón para hablar un buen rato, un rato largo largo.

Mientras, nosotros seguimos asaeteando a preguntas a Cristina, todos los pormenores que rodeaban el día a día de Chester. Que si comía, que si hacía, que si bebía, que si dormía... Que si esto que si lo otro. Le pedimos permiso para llamar cuando estuviéramos en Murcia. Que si patatín y que si patatán. Tontadas. Porque se nos encogía el corazón de pensar en volver a Murcia dejando allí al chucho más bonico que os podáis imaginar, lleno de vendas todavía; con esos lametones que daba como si nos conociera de toda la vida.

A la Chiqui hubo que decirle que lo dejara respirar, que lo tenía prieto en el halda; aunque lo que parecía es que Chester hablara con ella, con su voz de onomatopeyas —guau, guau, guau— y de cariño.

Así un ratazo. Hasta Cristina nos dio nuestros certificados para que firmáramos los papeles donde se decía, aunque a distancia, que apadrinábamos y nos hacíamos cargo de Chester.

—Falta por firmar Gao Li —recordé al amigo—, él también quiere pagar su parte de la cuota.

—No hay problema. Llevaos los papeles, que firme y me lo enviáis por correo.

Al principio no nos extrañó que Celso y mi tía se alejaran para hablar, andan siempre pelando la pava. Lo que sucede es que como los vimos que platicaban y no acababan, hubo un momento en que me temí que estuvieran peleándose. A ver si habíamos hecho algo mal, o alguna inconveniencia y habíamos sido unos maleducados, y Celso decía:

«Vaya críos maleducados que son tus sobrinos y sus amigos, que parece mentira.»

Pero luego, como los vi que se reían y que la tía Amelia se abrazaba a Celso, me pensé yo y se me vino a la cabeza la idea de que a lo mejor Celso había convencido al corazón de mi tía para que se ablandara y Chester pudiera venirse a Murcia con nosotros. Todos juntos. Porque a la tía Amelia le había encantado Chester, y de tanta pena se había puesto rabiosa con los maltratadores, y como no tenía picores, a lo mejor nos daba la bomba de noticia:

—Chicos, nos quedamos con Chester. Celso me ha convencido y hay sitio en mi corazón y en mi casa para un perro tan bueno. Definitivamente, Chester se viene a Murcia con nosotros.

Pero nada de eso. No ocurrió así.

Ocurrió que, al cabo de charla y más charla en el rincón, volvió mi tía Amelia seguida de Celso, que sonreía como el autobusero satisfecho con la vida que es y, con idéntica expresión de oreja a oreja, arrebolada y feliz, exclamó mi tía:

—Chicos, ¿sabéis qué?

—¿Qué? —dije yo, pegándole un codazo cómplice al Quinta, que era el que me pillaba más cerca.

Y la tía Amelia esperó a que todos le prestáramos atención, e incluso Cristina escuchó cuando mi superemocionada tía lo dijo.

Dijo:

—¡Que me caso! Que Celso me ha pedido que nos casemos. ¡Y nos casamos!

Arrea, qué plancha. Mi gozo en un pozo (eso que soy un romántico).

Claro que todos contentos, y les dimos la enhorabuena porque lo de casarse es importante en la vida de las personas. Y naturalmente que me alegré porque será estupendo que Celso sea mi tío verdadero. Y porque se les veía tan satisfechos, yo también lo estaba, pero es que no podía evitarlo y me volví decepcionado a mirar con muchísima lástima a Chester.

Entonces fue cuando Celso me puso una mano en el hombro.

—El caso es que tenemos que hablar contigo, ¿sabes? —dijo, y me señaló. Luego hizo lo mismo con la Chiqui, y con Quintanilla y el Bolo—. En realidad tenemos que hablar con todos.

La imaginación es libre, así que en ese mismo instante me vi vestido con el traje de paje azul recorriendo la iglesia de San Andrés por el pasillo con la alfombra roja, como en los Oscar. (Ya tengo experiencia de la boda de mi prima Maruja, aunque entonces yo era más pequeño que la Chiqui y no me importó.) Pero me sonreí de medio lado, y bueno, que si hay que sacrificarse después de lo que ellos han hecho por nosotros, uno se sacrifica y listo. Es lo menos que hay que hacer. Apechugar.

—¿Li también? —pregunté yo.

Porque si íbamos todos vestidos de ayudantes el trago parece que resulta más fácil.

—Gao Li también —dijo Celso ceremonioso.

Y ahí, entonces, pensando en LOS RESTOS, casi me meo de imaginarme a Agustín Quintanilla llevando las arras. Porque me dio la risa de los nervios. Y todos dijeron.

—¿Qué le pasa?—me miraban y sonreían—. ¿De qué se ríe?

Y la Chiqui, que me conoce, lo dijo:

—De los mismos nervios.

Pero los nervios me dieron después. Cuando a continuación la tía Amelia toda solemne se acercó y, mirándome fijamente, dijo:

—Pues tengo que hacerte una pregunta, Ginés Javier.

(Olvidé decirlo pero ese es mi nombre, Ginés Javier Rodríguez Pedreño, al completo.)

Y solo por el tono de voz entendí que iba a ser una de las preguntas más formales que me harían en toda la vida, una de esas donde te estás jugando el futuro.

18
Xiu Xiu, la chica amarilla (Colorín)

Si esto fuera una historia de las que pueden leerse en cualquier parte, todo acabaría con el colorín colorado, y ya os figuráis que LOS RESTOS vuelven a Murcia apenados pero contentos con los certificados del apadrinamiento de Chester. Con eso, y con el montonazo de fotos que nos tiramos revolcándonos en la playa, haciendo papamoscas dentro de la tienda de campaña, en las duchas del *camping,* con la escultura de arena en Benidorm, con nuestro ahijado recién estrenado, y con Cristina. ¿Es que no?

Ah, y a la vuelta, Celso y Amelia se casan y chimpún.

Pues no.

¿Que de qué iba la pregunta de mi tía?

De Chester, naturalmente. Y esto es lo que la alhaja de mi tía Amelia, perforándome con la mirada, quiso saber:

—¿Chester o la Wii?

Os juro que si me quedé dudando fue solo porque me pilló desprevenido, por lo demás, no dudé ni un instante. (Mi tía me tenía prometida la Wii para mi santo, mi cumple, los Reyes y Papá Noel juntos, pero ¡ni qué decir!) Y es que me apuesto el cuello a que hasta Agustín Quintanilla hubiera entregado Internet con su tarifa plana, a cambio de nuestro perro.

—¡Chester! —grité más que dije—. ¿Es que nos lo quedamos, tía?

—¿Cuidaréis de él como se merece?

—¡¡Síiii!!

La Chiqui fue la primera que empezó la algarabía. Porque todos saltamos, incrédulos todavía, locos de contento, abrazando, dando tantos botes alrededor de la tía Amelia

que, con ayuda de Celso, la levantamos en vilo y casi se mata.

—Celso y yo hemos decidido llevarnos a Chester, vale —explicó mi supertía—, pero el perro es vuestro. Vosotros os encargáis de él, y vosotros lo cuidáis, ¿hecho?

¡Esa sí era una excelente sorpresa!

Recuerdo que pensé en lo contento que se iba a poner mi amigo Li con el nuevo miembro de la panda. Porque nuestra panda del barrio de San Andrés iba ya necesitando un perro.

Y, como mi tía dice siempre que los cuentos no acaban con «se casaron y fueron felices», os tengo que decir que la historia con un perro en nuestras vidas no ha hecho más que empezar. Porque Chester es de verdad, de carne y hueso, él no es una mascota, aunque, por si las moscas, mi madre se encargó de recordarlo con unas Normas de Paternidad Responsable, como ella las llamó, y que consisten en:

1. Sacar a pasear a Chester dos veces al día, con turnos para cada uno de los de la panda y la tarea de recoger las cacotas correspondientes.

2. Encargarse de que no le falte comida ni agua, al menos una vez al día.

3. Cuidarlo durante toda la vida, aunque se ponga enfermo o viejo.

4. Espulgarlo una vez cada cuatro meses.

5. Darle cariño y compañía siempre.

¿Que por qué he llamado a este capítulo la chica amarilla?

Mis cosas.

Es que se me olvidó decir que de todas las primas que le conozco a mi amigo Gao Li hay una que me trae de cabeza, frase sinónima de: esa chica me gusta.

Pero esa será otra historia.

Y como al final de las novelas siempre deben desvelarse los misterios, supongo que querréis conocer qué nombre le pusimos a

Chester. Y lo diría..., si no fuera porque aquí seguimos, a la búsqueda y sin acuerdo.

Ah, Cristina va a venir a Murcia, no solo a ver dónde vive Chester, sino de testigo, a firmar en la boda de Celso y mi tía Amelia (por cierto, están mermelada mermelada).

Tantas buenas noticias que aturden.

Personalmente creo que toda mi vida voy a recordar este verano, el verano que LOS RESTOS de mi panda le dimos un buen mordisco a la luna.

Hablando de eso mismo, ¿no es una genial noticia que la tía Amelia se deje el Sangüi para montar con mi madre un negocio de comidas para llevar? En un bajo que Celso tiene en el barrio del Pilar. Van a pintarlo entre los tres porque ahora se han hecho socios.

—¿Bocados de luna? —flipaban berberechos de colores—. Pero ¿cómo se os ha ocurrido a vosotros un nombre así? —y mi tía, mirando a Celso que asentía, dijo—: ¿No es un precioso nombre para nuestro local, churri?

Tal vez deberían saber que el inventor fue mi amigo Li, aunque Quintanilla en seguida se apresuró a añadir:

—«Bocados de luna» es una metáfora.

Será.

Pero ahora solo es tiempo de contar que se acerca la Feria de Murcia, y que a Celso le van a regalar tiques para nosotros los del Jumping. Y subiremos en las camas hinchables del Búfalo Boy y en la Montaña del Terror...

Tengo ganas de que vuelvan los de mi panda, LA TOTAL, ¡que ya es hora!, y ver la cara de sorpresa que ponen los hijos de la farmacéutica, Álvaro y Lidia, cuando conozcan la novedad de Chester, el nuevo miembro de la panda.

Por no hablar de que el próximo lunes vuelve Sofi del campo, abre de nuevo el quiosco la Mari, y además, que aterrizan John Carlos y su hermana Melody de la lejana Bolivia.

Autora:

Marisa López Soria vive en Murcia y está casada con Frédéric, un excelente fotógrafo. Tiene dos hijos como dos soles: Ignacio y Raúl. Es maestra y está Licenciada en Historia del Arte. Ha sido premiada en los géneros ensayo, poesía y narrativa, y publica con prestigiosas editoriales. En la actualidad está plenamente dedicada a la literatura infantil y juvenil, y a su labor de jurado y conferenciante.

Ilustrador:

Moisés Yagües (Molina de Segura, Murcia, 1972) es maestro de educación artística en Murcia, trabajo que compagina con el arte. Ha expuesto su obra en galerías y museos en distintas ciudades y países de todo el mundo y ha recibido varios premios. Pero lo que más le gusta hacer siempre que puede es leer e ilustrar libros tanto para niños como para adultos.